U0657568

追忆
程丽娟
博士

吴辛烨 著

The First
Romance
In My Life

作家出版社

图书在版编目（CIP）数据

追忆程丽娟博士 / 吴辛烨著 . -- 北京：作家出版社，2025. 5. -- ISBN 978-7-5212-3307-0

Ⅰ. I247.5

中国国家版本馆 CIP 数据核字第 20250FN984 号

追忆程丽娟博士

作　　者：吴辛烨
责任编辑：杨新月
装帧设计：孙惟静
出版发行：作家出版社有限公司
社　　址：北京农展馆南里10号　　　邮　　编：100125
电话传真：86-10-65067186（发行中心）
　　　　　86-10-65004079（总编室）
E-mail:zuojia@zuojia.net.cn
http://www.zuojiachubanshe.com
印　　刷：北京盛通印刷股份有限公司
成品尺寸：145 × 210
字　　数：160千
印　　张：7.25
版　　次：2025年5月第1版
印　　次：2025年5月第1次印刷
ISBN 978-7-5212-3307-0
定　　价：42.00元

La vérité, l'âpre vérité

Le Rouge et le Noir, "Danton"

真实，严酷的真实

——《红与黑》，"丹东"[1]

1：研究表明，司汤达在《红与黑》中留下的箴言警句多为假托，其中便包括这非常著名的第一句——丹东并未说过此言。

有分析认为，司汤达可能想用这样的“小花招”表达一种观点：小说旨在虚构，并通过可能是真实的猜测，或从其可能的变体中探寻真相——即，丹东即便没有真的说过，但他其实也可以说出这句话[*]。若再结合原作书名副标题，“十九世纪编年史”（*Chronique du XIXe siècle*），还可以认为这种手法和欧洲某些古典历史作品相似：书中历史人物的言论是其当时未必说过，但“可以”说过的，因其符合该人物的性格特点及当时的社会历史环境。故而可以认为，《红与黑》的小说内容，从这个假托的引用便已经开始了——这给人一种更加微妙的历史真实感。小说，尤其是现实主义小说的魅力，正在于此。

为了尊重历史事实的严谨性，同时尊重司汤达此处所用的文学手法，本书在引用时，加入《红与黑》这一书名，并对丹东做引号处理，以表明这是司汤达在小说中所创造的那个说了该句名言的“丹东”。

对于该句的翻译，采用了较为常见且让本书作者印象最为深刻的译法：“真实，严酷的真实”——见于郝运（1989）、郭宏安（1993）、罗新璋（1994）等译本。

*参考文献：*Patrizia Lombardo, Stendhal: <La vérité, l'âpre vérité>*, *Philosophiques*, Vol40(1), 2013, pp87-105. DOI:10.7202/1018378ar.

1
AB

1A

2024/2/9
除夕
19:05

并非每个男人都能有幸遇到这样一个女子，她不是象征世俗欲望的外遇情妇，也不是带有暧昧色彩的红粉知己，而是深藏在心底的永恒刻痕。对我而言，她是程丽娟，承载了我一段特殊情史的研究生同学。我和她已不可能再发生什么了。自她“神隐”之后，世间就湮灭了她的身影，没人能再找到她。但她的确存在于这世上，每年一次，给我发来约定好的信物，撩拨我的心弦。

按照程丽娟和我的约定，她会在每年春节前给我寄一个生肖玩偶。今年，我应该能收到龙年玩偶，但始终没有送来。我想起她说过，除非她死了，否则我一定能收到。现在只剩几个小时就要跨年，而我刚和岳父母聚完餐，开车回家，一路上都在担心那个“万一”。过路口时一恍神，差点撞到横穿的电动自行车，被妻子关美玲一通数落。

回到小区，停好车，牵着女儿依兰上楼。当我看到家门口快递堆上那个小包裹时，灵魂瞬间爆发出和程丽娟的共鸣。是的，不会错的。胸腔里骤起的脉搏、颅顶上冲过的血流，都在向我揭示，这必定是她。

但我不能立刻拆开包裹，我怕自己不慎在妻女面前流露出不自然的神态或动作。我想，最好还是支开她俩。

“美玲，外头太冷，你先带依兰进去吧，我拆完快递再进去。”

她自然猜不到我的真实意图，哦了一声。

“爸爸，有好东西给我留着，不许偷偷藏起来，啊？”

我连声哄着、应着，顺手推上门。

只剩我了。我突然意识到，刚才的话仍是做贼心虚，不打自招。她俩不可能猜到我的心思，但我骗不了自己。我对关美玲没多少感情，是通过相亲才走到一起的，那是在程丽娟认清自己和韩沛师兄再无可能，而我又错失良机，害她回到前男友王孝承身边之后。

程丽娟和我一样，2011 年考入张启能老师门下。我俩本科都学物理。那年张老师原本只招一个硕士生，而程丽娟初试差一分，没过学院总分数线，按规定是招不了的，最后她却被破格录取了。后来听陈绣芳师姐说，张老师原本打算招的就是程丽娟——她很早之前就听了张老师的科技战略讲座，之后还写邮件请教问题，说了考研的打算，早就在张老师跟前挂了号，不是我这种临考前才联系的替补。谁知她却把英语考砸了，勉强过单科线而已。复核分数才发现，她的作文只有几分，大概审错题，写偏了。其实考研这种事，第一年没上岸，第二年再考便是了，然而程丽娟却在出分后直接来北京找张老师哭诉，从下午谈到傍晚。

我一直不很清楚那次谈话的具体内容，因为陈师姐不肯再多说，而程丽娟后来也只模糊地提到，和她自己的孤苦身世以及圈养她的王孝承反对她读研有关。如果不是张老师费劲捞她，她就只能嫁给王孝承，一辈子留在小县城里当初中教师了。所幸她被批准参加复试，录取后就和王孝承分了手。

入学后，她暗恋上韩师兄。不过师兄很有定力，始终把两人关系卡在同窗情谊的红线之上。如今回头看，师兄当时也不是没有考量，陈妍和他青梅竹马、门当户对，论姿色也不比程丽娟差太多，的确是更好的选择。反观我自己，当时完全是个傻瓜，不仅看不透男女关系背后的利弊权衡，还不可救药地爱上了程丽娟这个差点抢走我读研名额的女人。是啊，她当时已经是一个女人，相当女人，迷得我神魂颠倒。

我自问不是好色之徒，只是性情被压抑久了，总要有个发泄口。作为典型的“乖孩子”，我从小就被教育要努力升学——小学时以数学竞赛特长生保送市重点初中，后来又靠物理和信息学竞赛成绩被省重点高中掐尖，以高考排名前 1% 的分数进入省内一所末流 985 大学物理系。在大学里，我重复着中学般枯燥单调的应试生活，卷绩点、争保研名额，但最终因为社团活动加分不够而与其失之交臂。所幸准备考研时，有学长向我推荐了张老师的专业——做科技战略方面的政策管理研究，只收理工背景考生，备考也不难，虽然会转到文科，但更容易进政府部门就业。我就这样完成人生最后一考，拜入张老师门下。

十多年的求学生涯，我在一场场考试中耗尽了青春，总感觉心里空空荡荡，若有所失。见到程丽娟后我才明白，那些年里自己究竟错过了什么，真正理解了阿Q那句“我和你困觉”所揭示的内涵有多沉重。中国人，尤其读书人，自古以来都被男女大防所压抑。信奉学而优则仕的我，自然也继承了这种枷锁。为了实现成为人上人的目标，我和无数学子一样，将全部精力放在追逐功名上。待到功成名就之后，一切物欲和肉欲自有兑换途径，正所谓书中自有黄金屋，书中自有颜如玉，不过如此而已。考进北京，拜了名师，前程一片光明，是该有个女人了——程丽娟就很不错，是那种男人看了都会把持不住的类型。

然而知易行难。我强烈渴望女人，却对两性交往全无经验，意识不到程丽娟身上那种让人意乱情迷的气质到底是什么。直到我和关美玲行过周公之礼后，才恍然大悟，程丽娟所散发的并非通常意义上的女性魅力，而是唯有经历巫山云雨后才会涌现的雌性荷尔蒙气息。我就像被引诱剂困住的飞蛾一样迷恋着她。

这可怪不得我，我们两个新生刚好被分配到办公室的邻座，实在挨得太近了。桌子是用长条实验台临时拼起来的，所以我俩之间不像其他格子间工位一样横着挡板，我只要稍一歪头，便可以瞥见她迷人的侧脸和挺拔的胸部。回想起来，至今那都是我所见过最美也最能唤起欲望的侧影。

她当时还是黑长直的发型，离婚后剪掉了，我一直觉得可惜，女性还是应该留一头长发才温柔动人。我有幸抚摸过她的长发，萦萦绕绕的触感至今还留在指间。

至于眼形，她不是典型的桃花眼或杏眼，而是介于二者之间，平时略扁，睁大时偏圆。从侧面看，眼角总有种微忪初醒的情态。我曾无数次揣摩，那双眼睛会在枕边流露出何种风情，进而深切地嫉妒甚至憎恨那个叫王孝承的禽兽。

她的鼻子算不上很挺，但绝对俊俏。我用她的侧脸照片建过模，鼻梁部分几乎完美符合最速降线地延展到鼻头，再圆润地收拢，透着一种古典又传统的美学韵味。

我曾有机会亲吻她那宽且厚的性感双唇，却稍纵即逝。当时她扭头躲开我，而我也没有足够的勇气逼上去，向她表达我的爱意和决心。那是她给我的第一次机会，我竟然就这么愚蠢地错过了。

回首往事，皆成枉然。

后来，我们都在2016年结了婚，她还是嫁给王孝承。博士毕业后，我们一起进入社科圈。她去了新成立的副部级智库全面创新发展研究院，在下属的科技政策研究所，我则进了正部级大社科系统下的国际战略研究所。

同年秋天，张老师溘然离世，我和程丽娟的人生也彻底分割。她很快离了婚，去西部挂职一年，回京后第二年便转入那个行当，而我依然在循规蹈矩的机关生活中日复一日地熬着资历。

就是从那时起，生肖玩偶成为她向我报平安的秘密信物，在每年春节前如期而至。第一次是2019年年初，我收到一头憨憨的小猪，巴掌大，做工精美。疫情三年中，玩偶也从未缺席。今年是第六只。

楼道里的声控灯暗下来。我点上烟，狠狠吸着。

那天是2019年2月1日，我刚吃过午饭便接到程丽娟的电话。

她说给我寄了个生肖玩偶，而且以后每年都会寄，还让我不要再联系她。我很奇怪，为什么突然要寄这个？为什么不要再联系？她就问，还记不记得老张？我愣了一下，老张，哪个老张？她提醒说，夏天开会一起坐车的那个。

我顿时记起那个肯定不姓张的老张。

当时，我去开一个全球科技治理方面的国际研讨会，在会场里碰到程丽娟。茶歇时我找她叙旧，她顺势给我介绍旁边的老张。我给老张递名片，他客套几句，却没回递名片。程丽娟解释说，他们那边不用名片。我点点头，又看了看老张领口别的小国徽，心里大致有数。

散会后，程丽娟拉我同行，于是我俩和老张一起搭上一位外交部副司长的顺风车。老张坐在副驾，看似和副司长很熟，两人聊了一路。闲谈中，那副司长看似不经意地说了句，你现在用这名了？老张笑着答，工作需要，给啥用啥。我心里便明白，之前猜对了。

车穿过长安街，停在一个没挂牌的大院门口，老张下车，和我们挥手告别。车开走后，我撇头一看，只见他向警卫出示证件，进了大门。

知道老张是做什么的吧？副司长头也不回地问。我嗯了一声。程丽娟笑问，老张又看上谁了？副司长只回了句，老张挺会看人的。我当时不明白这番对话的含意，程丽娟后来也没给我解释，我更不敢追问，就这么放过去了。直到她突然来电，我才重新想起这事。

“你……该不会和老张……”

“不是你想的那样，我不会再结婚了。”

"我明白，明白了。"

"那就说好，以后每年都给你寄个生肖玩偶，在春节前。今年的已经寄出来了。"

"啊？"

"不方便再联系了，你就当是报平安吧，我也没别人可报了。"

"那我也该给你送点……"

"我马上就换地方住了，没法给你地址。"

"唉，好吧。那你们创新院的房……"

"退回去了，欠师兄师姐的钱过两天就能还上。现在这边给了新房，免费住。"

"那挺好，条件强多了吧？"

"是啊，比社科系统强太多，啥都不缺，钱也不少。听说，要是有个万一，抚恤金都有一大笔。我不想给那女人，就跟他们说，干脆捐了吧。"

"瞧你说的，你不会有事。"

"谁知道呢，但愿吧。那，保重。"

"等下，万一我将来搬家了或者……"

"那我也能知道。"

"也是啊。"

"说起来，也许不该麻烦你，但我想，如果就这么走了，跟谁都不打招呼……唉，我只跟你说了，对你没什么好瞒的。以后万一遇到……"

"放心，我懂规矩的。"

“总之，谢谢你，谢谢。保重。”

不等我回应，她就挂了电话。从此，我再没听到她的声音。她的微信、QQ、手机号和电子邮箱要么注销了，要么不再有任何回复。她真的消失了，唯有寄来的生肖玩偶证明她还在世。我是她唯一可以报平安的人，这或许并没有什么意义，又或许意义重大。她把她的过去埋在我心底，甚至不问我愿不愿意——她知道我肯定不会拒绝。

后来，师门里都发现她失联了。他们在群里问过谁和她还有联系，也问过我，我只说不知道。再后来，就没人继续打听了。毕竟张老师门下毕业后陆续失联的不止一两个，时间久了，见怪不怪。

哗啦一声，门开了，灯光重新照亮楼道。依兰鬼鬼祟祟地探出小脑袋，甩了下刘海，瞟了我一眼，埋怨道：“妈妈说你肯定躲在外面抽烟，我不信，结果你真的骗我！”

“是呀，被你抓住了。”我笑着回答。

“爸爸，抽烟不好，臭臭的，会生病。”

“好，我不抽了，弄完快递就进屋。”我把烟头按在防盗门上熄掉。

“我帮你丢到卫生间冲走吧！”依兰伸出小手。

“待会儿和快递盒子一起扔到楼下就行。”

“万一着火了怎么办呀！你不给我，我就告诉妈妈！”她不依不饶。

“好，好。你别烫了手……”

“我都上大班了，不是小孩了。爸爸，我给你保密，你把快递里的好东西给我留着。”

“唉，知道了。”

在依兰的注视下，我把烟头倒着递过去。她捏住过滤嘴，又强调了一遍留东西的事，闪身进屋。我故意把门留了道小缝，果然听到这个可爱的小间谍找美玲嚷嚷着，邀功请赏。

我轻掩上门，拿起那个小小的瓦楞纸包裹，不用拆就知道，里面肯定有个龙年玩偶。除了程丽娟，没人会用“叶楚潭博士恭启”这种称谓给我寄快递。

平时网购，我都用“叶大楚”这个化名。涉及真名的情况，譬如银行和保险之类的机构来信，收件人后缀一般都是“先生”。特意用真名再加上博士头衔，还要“恭启”，看似有点可笑，却是程丽娟的独到之处。哪怕快递被美玲签收，我也可以用学会、机构甚至合作单位的由头打发过去。这世上会有谁使用这种手法，公然掩饰带有特殊含意的信息呢？就像窗台上的花盆，摆的人和看的人心有灵犀，才能洞察其含意。

我拆开包裹，果然掏出个巴掌大的龙年玩偶盲盒。从包装上看，玩偶有六款造型。我端详着那些图案，感到有点好笑。这一只只的哪是龙啊，简直就是长了犄角的招财猫，极尽呆萌。我猜想，程丽娟选这样的玩偶，说明她当时心情不错，否则不会有如此兴致。一想到她至今安好，我不禁松了一口气，先前等快递的焦虑也一扫而空。

门又开了，还是依兰。她一探头便盯住我手里的盲盒，高举双手，两眼放光地问：“爸爸，是给我的吧？我刚刚真的没向妈妈告状哦！”

“依兰真是乖宝宝，奖励你个好东西！”

我把盲盒递到她手里。她笑吟吟地摆弄起盒子，念叨着谢谢爸爸，一扭头，趿着熊猫拖鞋啪嗒啪嗒地跑进屋，连门也没关。

我合上门，一丝惆怅掠过心头。女儿刚才扭头的动作，让我想起了上个龙年的程丽娟。她当时多无助、多可怜，可我却完全没帮上忙。那天傍晚，差不多也是这个时间，她就像这样一扭头，扎进地铁闸口，回到了王孝承身边。

她是违心的，我知道。她宁可委屈自己，也不愿拖我下水。如果她当时再轻轻勾我一下，我必然会陷进去，也就绝不可能拥有如今的一切：土生土长的老北京媳妇、正部级单位编制、城里学区房，当然，还有差点姓关的女儿。

依兰只是女儿的小名，满文“三”的意思，因为她在 3 月出生，“叶关彤”才是她的本名。美玲曾试探过我，想让女儿就叫关彤。她说，结婚时只象征性地找我家要了一万零一元彩礼，等于没要，她家甚至还倒贴了房和车，所以孩子跟她姓也没什么不妥。我说，好啊，那你后面二胎再生个儿子，肯定得跟我姓了吧？她噘噘嘴，不说话了。

回想当年，我是通过张老师在学界的朋友认识了美玲，因为关家到处托关系，找学历高、前程好的相亲对象。关美玲和她父母的学历都不咋样。她自己是末流一本毕业，在一所二流初中当数学老师。她父母都是高中文化，父亲在公交公司当个小主任，母亲在街道做会计。

美玲家如此条件，却指定要找博士生，我知道后觉得她家实在有点异想天开。我1989年生，她1990年，才小我一岁，模样也就马马虎虎，显然是我吃亏了。何况，我本科是985，又跟着张老师这种资深学者读博，将来最差也能进高校任职吧？她父母阶层和我家相当，她本人却比我差不少，怎么看也配不上我这种“升值期货”。在办公室里讨论这事时，我直截了当地表示不屑，大家也都觉得关家似乎不太着调。

当时唯有许慧师姐有不同看法。她对象是老北京，谈了快两年，就要领证了。她劝我说，别看美玲条件很一般，但是敢开出这个价码，说不定还有别的底牌——北京人谈对象，很少把家底全露出来。她尤其点出一个被大家忽视的情况——关家是满族，意味着在京城扎根多年，能往上追溯好几代，一定有盘根错节的社会关系，这是一笔无形财富，甚至可能会有祖产之类。许师姐这么一说，办公室的风向又变了，不少人建议我还是试试。毕竟，真能找到个家底殷实的北京土著结婚，人生起码少奋斗二十年。

就在我举棋不定，总体上还是偏向拒绝的时候，程丽娟突然说：“去见一面，哪怕谈一段，对你也不会有什么损失。你没谈过恋爱，长点经验也好。”

她的话深深刺痛了我，导致我赌气似的和关美玲见了第一次面、第二次面、第三次面。后来，许师姐的猜测果然得到印证——美玲父母的确都有庞大的家族关系，早年拆迁时她家还得了两套回迁房，都在二环内，家底不算薄。此时我想抽身都难了，因为爹妈已经下达死命令，要我必须搞定这个北京大妞。

如今我已明白，程丽娟用的是很简单的激将法，为的是彻底断了我对她的念头。而这几年的家庭生活，也让我逐渐理解了当初她对王孝承那种既爱又嫌、情感空虚与物质依赖并存的矛盾心态。她说，自己由于原生家庭不幸，从小没爹少娘，才会在感情问题上一失足成千古恨。那我呢？我没得到真正想要的女人，这算不算千古恨？然而讽刺的是，我却因此得到了其他的一切。

假如我真的和程丽娟结合，就一定无法得到那些吗？

程丽娟后来也拿到了北京户口和编制，不过她的单位级别确实比我低一些。我不确定，当年如果没有美玲家的门路，我还能不能进这个正部级单位，但是，仅靠我自己，甚至我和程丽娟加起来，肯定是买不起城里价值千万的大产权学区房的。毕竟她早就没了六个钱包，而我家也凑不出几个钱。至于各种社会关系——两个外地人几乎不会有什么人脉资源。

孩子。

我突然浑身一颤，想起了程丽娟的话："你根本不知道他把我糟蹋成什么样子。你能接受一个可能生不了孩子的女人吗？"

如今，我已经享受到天伦之乐，不得不承认这是个无法回避的隐患。我仿佛能看到程丽娟四处求医问药，甚至尝试放不上台面的手段，只为了能生下一个有着我血脉的孩子。我的确难以接受自己没有子嗣，之所以能忍受和美玲的婚姻，除了物质因素，也是因为她生下了依兰。我还是太过迂腐，信奉所谓"无后为大"，就像当初笃信"学而优则仕"一样。一想到"绝后"二字，眼前便是一片黑暗。

是的，我眼前的确一片黑暗。

我跺一下脚，点亮声控灯，继续收拾剩余的快递包裹。

门第三次开了。依兰站在门口，大张着嘴，急促地喘气，一见我便猛蹲到地上，呜咽起来。我不清楚发生了什么事，但显然情况紧急。我赶紧俯下身抱住她，一边拍着她的背，一边轻声地哄。

像，太像了。

我完全没有听到美玲走过来说的话，脑海里只有一个念头：依兰，你为什么连这也和她一样呢?

1B

2012/4/27
周五
17:45

尽管“五一”假期从后天才开始，但不少高年级研究生今天便错峰出游，争取多玩一两天。临近傍晚，办公室里只剩下明天还要上课的你和叶楚潭，还有忙着改论文的韩沛。假期里你哪儿也不去，不仅为省钱，也是因为王孝承年初考研落榜后回到北京，对你持续纠缠，你只能躲在学校里避风头。

你终究是错付了。王孝承仗着家里有点钱有点势，以此拿捏孤苦伶仃的你。你差点被他彻底控制住，幸好命运给了你再次选择的机会。

你肯定不会忘记两年前那次讲座上张启能的肺腑之言：“……在中国未来的战略选择中，科技战略极其重要，会影响国家前途和民族命运。如今的年轻人真的很幸运，从小就接触很多前沿科技和新事物，思想也更开放，比我们那一代人强多了。所以，你们很有从事科技战略和科技政策研究的先天条件，可以多为国家献计献策，让中华民族不再落后、不再挨打，就像毛主席说的，‘希望寄托在你们身上’。我个人十分欢迎大家尤其是有理工科背景的同学，报考我校的科技战略方向研究生……”

那是你第一次见到北京来的知名学者，见到能放眼全球局势和民族前景、给国家出谋划策、影响战略规划和政策走向的智囊专家。你突然意识到，考入211大学、成为“金凤凰”、谈个小有背景的对象、嫁回县城相夫教子，简直微不足道。你还年轻，才二十岁，没有家庭负担，没有拖累，为什么不去追寻更大更高的目标，进一步提升自己？

你给张启能发邮件请教问题、咨询考研，都得到了积极回应。你开始备考，准备再次向上攀登。王孝承以为你只是随便说说，不过是因为刚刚失去奶奶这个唯一的亲人，找点事做转移情绪。然而当你减少了中午去隔壁二本学院陪他吃饭的次数，晚上也频频自习，不再和他视频聊天，甚至周末都不乐意和他开房时，他才明白你的确改变了，居然敢忤逆准婆家的安排。

那天晚上你正自习，他打来电话，你不接，他又发短信，质问你究竟想做什么。你回复，咱们一起考研去北京吧。他只回复了三个字：你疯了。后面跟着一大串感叹号。

你放下手机，设置静音后继续看书，不再理会他的持续骚扰。你太了解他那小衙内做派：颐指气使、骄横专断，经常打压你的自尊和自信——谁让他有个在县里小部门当一把手的正科级父亲撑腰呢。

过了一会儿，他转换策略，试图软化你，发短信说，一切都是为你好，老家那边给你安排好了进中学当老师，何苦去捞水中月呢？他又说，女人干得再好，最终还要回归家庭，老公和孩子才是女人的归宿。他甚至提醒你，寒假时你奶奶病重，弥留之际拉着你俩的手，要你好好听他家的话，他对你完全是在尽被白帝托孤的义务。

你终于回复道："丞相可不是投降派，后主也是大业无望才乐不思蜀。你若自比孔明，怎么能一开始就说泄气话？我只北伐这一次，真的。我不想有遗憾。"

他再次打来电话。你犹豫一下，走到教室外接了。

"到底怎么回事？真要考研？你什么意思啊？"

"我想试试。我想去北京看看。我还没去过呢。上次国庆时你说去，还放我鸽子。"

"想去北京啥时候不行？以后有的是机会旅游，咱家又不是没钱玩不起。再说，你就算要考研，也该考个教育类的。我爸跟教育局那边打过招呼，萝卜坑都挖好了，就等你毕业。你现在不去了，让那边怎么交代？最起码考个教育类的也能说得通吧，现在考的算啥？什么什么政策……"

"科技战略与政策管理。张老师是国家级专家，很厉害的。"

"这种东西是咱这样的人该想的吗？国家大事，你懂？你是学物理的，又不是学政治的，人家要吗？你考得上吗？人家就没有内定的关系户？没有保研的？"

"张老师说他不要保研、外推的，都凭本事考，还说就要学理工科的，将来搞政策才不会外行领导内行。他特别想招学物理的，这是工科之母，研究技术有天然优势。他给我回了好几次邮件……”

“可能吗？这种人都是先给你画个饼，跟谁都这么说，等好多人报了名，他再慢慢挑。你怎么就听人家忽悠，不听我的……”

“我真的只考这一次，真的！万一考上了，咱们不就进北京了吗？”

“哎哟，真是的，人家给你个杆，你就真敢爬。北京是那么好去的？就我家这能量，帮你留省城都没戏，凭你自己还想留北京？真是太天真了。这年头，都是靠关系找门路。”

“我就不信全是关系户。咱们还年轻，再拼一下，万一成了呢？我家里也没人了，还不是为了咱俩？”

“咱俩？最适合咱俩的是回老家，我爸在县里什么事摆不平？你非要往北京瞎整。”

“对呀，回县里你爸能摆平，那我考不上再回老家也能搞定吧？听说现在只要办过手续，应届生资格能保留两年，到时候……”

“没你想的那么容易，你知道上上下下要打点多少人吗？”

“唉，孝承，我一入学就跟你在一起了，回想起来，这两三年都是在玩，没干什么正经事。我是想，至少试一试，要不青春就真的虚度了。”

“嘿哟，还青春呢，我看你是青春期内分泌失调，又欠干了。都半个多月没办事了吧，你是不是憋得脑子坏了？给你爽几次，你就不想什么考研、去北京的事了，哈哈哈……”

你听着他的淫笑，挂了电话。

冷战三天，王孝承首先软化，向你提出“同居换资助”。你答应得干脆果断，周末就住进了他租来的小一居。毕竟，考研要买复习材料、上各种辅导班，时间紧迫，你耗不起更多精力去赚钱。在这人世间，你已经失去了父亲、大姑、小叔、爷爷和奶奶，弃家再嫁的生母更是早无瓜葛，你只能依赖王孝承。这几年来，你和王孝承名义上谈恋爱，其实更像是做生意。你一眼就看穿了他进退两便的招数：不管你能不能考上，他都可以在一年内和你形同夫妻，发泄他旺盛的欲望，榨干你的油水。

可你终究少算了两步，没料到他后来带给你的伤害，以及对你的纠缠。恋爱中，同房和同居毕竟有质的区别。在你遇见韩沛之后，才明白那一“失足”的代价到底有多大——但若当初不“失足”，恐怕你连碰到他的机会都不一定有。真是造化弄人。

韩沛不仅是条件好而已，简直是全方位的优越。他本科就读校内基科实验班，人长得帅，身形高挑，散发着一种独特的文青气质，颇有院草的名声，早你两年考进张启能门下。他父亲在老家省会任副厅长，母亲是当地 985 大学的学院副院长、著名教授，拿过国家科学进步二等奖。至于爷爷和姥爷，都是老资格的离休高干。他的家族几乎每位长辈都有网络百科词条，说他是名门之后也不为过。

你第一次见到韩沛是在去年“五一”。当时你已经知道自己被录取，和阻止你读研的王孝承大吵一架后，独自坐上高铁来北京，投靠破格录取时帮过你的师姐陈绣芳。那是假期最后一天，师门多半人都已回京，干脆为你这个马上要进门的小师妹聚了次餐，你因此认识了韩沛，也平生第一次真正动了情。那一瞬间，你心想，要是能和这样的男人厮守一生，该有多好啊。

这就是你的一见钟情，来自内心深处的呼唤，完全不掺杂任何其他因素。在了解到韩沛的身世后，你更加坚定了和王孝承分手的决心，但你也知道，让韩沛接受你极为困难。论条件，你差得太远；论清誉，你不是完璧之身。你还打听到，他上本科时，周围不乏大献殷勤甚至投怀送抱的女生，都被他拒绝了。这说明他要么心有所属，要么家规很严，甚至二者兼具，不是随便谁都能走进他心里、嫁进他家门。

无论如何，韩沛给你立了个标杆，让你看到了优秀男性的样板，这是你在老家甚至省会都见不到、想不到的。你的本科同学里根本没有像他那样各方面都无可挑剔的男生。至于王孝承，压根没有和他比较的资格。你突然意识到，不能再委曲求全了。哪怕不能和韩沛在一起，哪怕找不到更好的，也不该和王孝承继续下去。你已经来到北京，进了层次更高的圈子，各方面都成长了。他呢，毕业后游手好闲，拿考研做借口，不上班，混日子，英语、政治都只考二三十分，专业课更是没一门及格。可他毫不悔改，过完春节就跑回北京，变本加厉地对你死缠烂打，甚至用同居时偷拍的裸照和视频逼你就范。

两天前，他给你下达“最后通牒”：周五晚上十点前，到他在北五环新租下的小一居“洗澡”——这是以前你们周末开房用的暗语，含意不言自明。如今他劝你不成，就想用手里的黑料胁迫你恢复“事实夫妻”关系。这两天你吃不好睡不着，反复寻思黑料来源。

你一向拒绝他拍照录像，但还是有几次特殊情况。

一次是你求他掏钱给你报个考前串讲班，不得不按他的要求，模仿国外情趣视频戴上眼罩手铐，让他折腾了一晚上。尽管他答应不拍照，你还把他的手机更改密码后藏起来，但你毕竟看不见，不清楚他是否动了别的手脚。他的确有个不知放在哪里的旧手机，也许是用那个手机拍了裸照和视频？

还有一次，你在卧室的机顶盒下面发现一个露出摄像头的电子设备。你质问他，他只含糊地说，是替亲戚买的外销款行车记录仪，试用下无故障，再寄回老家。你将信将疑地检查内存卡，没找到敏感视频，但你的确不清楚那东西放了多久，之前有没有拍到什么。

至于光棍节那晚，几乎可以肯定他是蓄意的，和2008年世界杯那次如出一辙。当年，他借熬夜看球之机把你灌醉，害你失身。这次，他又把你灌醉，害你怀孕，逼你断掉考研的念头。这一次你终于没有妥协，果断做了流产手术。你几乎肯定他在当晚拍了照片，甚至可能留存了医疗记录。

你完全被动，猜不到王孝承的底牌到底有多大。虽然你第一时间就警告他，发裸照也罢，泄露隐私也罢，都是违法的。他却说，××门里拍照的人也没判刑，毕竟无意泄露常有，若在境外曝光，更是无法取证。你知道他很喜欢看境外色情网站，经常从上面学些下作招数，对龌龊之事颇有经验。你完全斗不过他。

还能怎么办？眼看只剩几个小时，你慌了，打算趁办公室里人少的时候，向韩沛吐露实情，求他帮忙。至于到底怎么帮，你也没主意，但你希望他有。你甚至幻想，如果他以你新男友的身份英雄救美，凭他的背景是可以震慑住王孝承的。可怎么开口呢？你从未向别人透露过自己的同居史，大家只知道王孝承反对你读研，所以你俩才分手。难道你要承认自己同居、流产、被拍裸照？韩沛会怎么想？如果他不同意跟你去呢？或者，他同意，但王孝承不买账呢？不，他肯定不会同意。虽然你是他的小迷妹，但他对你一向客客气气，不正说明对你没有意思吗？你到底在幻想什么？病急乱投医？不，与其说你想找他做靠山，不如说你更想找他倾诉，渴望他能理解你的痛苦，怜悯你的不幸。

可叶楚潭还没走，一直坐在你旁边。入学时你就注意到他对你有好感。别人都开玩笑，说你们两个新生郎才女貌，不如内部解决。你知道，只要自己点个头，他就会死心塌地。如果韩沛不愿意，他可以吗？你拿不准。毕竟他相貌平平、家世一般，没有可撑腰的后台，而王孝承是个有点手段的家伙，如果叶楚潭解决不了问题，反而把事态扩大呢？

你心烦意乱，盯着电脑屏幕装作阅读文献，却把鼠标滚轮转得咔咔作响。你不甘心就这样被王孝承重新收服，让新生活笼上旧日阴影。可你又能怎么办？你连个能商量对策的亲人都没有。不，如果有亲人，你落不到今日这般境地。

哗啦一声。你扭过头，见叶楚潭正挪开椅子站起身。他问你，还不去吃饭啊？你说自己减肥，晚上不吃了。他笑着点点头，很快出去了，留下你和韩沛独处一室。你又等了一小会儿才起身，装作还是去吃饭的样子，走到门口，再折回韩沛座前。

“师兄还不去吃饭？要不一起去食堂吧，再晚就没饭了。”

“我先不吃了。”韩沛翻过手腕，看了眼手表，“张老师让我改完论文发过去，拖太晚不合适。”

又是那块手表。第一次见到韩沛时，你就注意到这块银光闪闪的表。手机普及后，很少有学生再戴手表，何况还是这样一块价值堪比半打苹果智能机的高价表。你问过他，这么贵的表，不怕丢吗？他说，朋友送的，留作纪念，就算丢了，情义还在。你没有继续问是什么朋友，留作什么纪念，怎么会送这么贵重的礼物。从他嘴角浮现的笑意你已经得到了答案，难道非要穷追不舍，听他亲口告诉你，送表的那个她不是你这种一文不值的女孩，而是和他阶层相当的名门小姐？那以后，这块表便像魔咒般盘踞在你心头，提醒你认清自己人鱼公主的身份。

此时此刻，就在韩沛放下手腕的一瞬间，表盘射出一道寒光，闪过你的眼瞳，径直刺进你心里。与其说是他回绝你，还不如说是她让他回绝你。你心里一颤，却不打算退缩。

“那我给师兄泡个方便面吧，很快的。”

“不用那么麻烦，我过会儿去找张老师，他应该还在办公室。我汇报完，自己吃点就行，你先去吧。”

“其实，我……还有点事想跟师兄说。”

“论文看不懂？刚才就见你来回翻文献。这样吧，你发给我，假期里时间多，咱们慢慢研究。”

你感觉他在兜圈子，不让你抓住话头，就像平时刻意避开你挑起的暧昧话题一样。他又如何知道，这次被掐掉的话头正是你仅存的希望呢？正当你准备豁出去，孤注一掷向他彻底表白时，你却被自己的身体背叛了。你的心跳猛地加快，呼吸骤然急促，脑中回荡着雷鸣般的巨响，手脚也不自觉地颤抖起来。

韩沛瞄了你一眼，问你怎么了，你支支吾吾地说，有点晕。他笑着问你是不是减肥过头，低血糖了，又拉开抽屉，递给你两颗巧克力，催你快去吃饭。可你的意识正在迅速崩解，几乎听不清他在说什么。你知道这不是低血糖，而是抑郁和焦虑导致的躯体化反应。你从小就很熟悉这种感觉，在小叔打工失联、爷爷喝药自杀的那段日子里，隔几天就会发作一次。高考冲刺时，这种反应更严重到险些夺走你的性命，就和后来你流产时所经历的一样。近几天，随着王孝承对你步步紧逼，它发作得越来越频繁，症状越来越严重。这一瞬间，你感到自己就要坠入脚下裂开的深渊了。

绝不能让韩沛看到自己崩溃的样子。

“师兄，那我……我先去了。”

你强打起精神，故作镇定地出了办公室，踉跄几步后，终于身子一塌，跪倒在昏暗的楼道里。

到底要怎么做，才能让韩沛接受你，尤其是这样的你呢？难道要跪在他面前，求他拯救你脱离苦海？你现在想把自己都给他，只要他不嫌弃你！可他怎么会不嫌弃呢？他是什么出身，为什么要垂怜你这样的女子？你以前多么傻啊，即使早认识到自己走错了，可这样的过错如何才能弥补？

你大张着嘴喘息，然而胸口像被箍紧般憋住一口气，只能发出呼呼的空啸声。你想哭，但完全哭不出来，因为恐惧压过了悲痛。一直在你脑中回旋的轰鸣声正低沉下来，变成王孝承恐吓你的诅咒：

“也不看看自己什么出身，要不是比村姑漂亮点聪明点，只配得上村里的老光棍！”

“敢跟我分手？没我养，你只能去卖！”

“好好想想吧，被我玩那么久，还打过胎，有谁敢要你？”

“那些视频只要发到网上去，你这辈子就别想嫁人了！”

“分手？我是开车的司机，越老越吃香，你是被开的破车，二三四五手。”

……

“程丽娟，丽娟，你怎么回事，怎么了？”

就在你几乎要躺倒时，突然被叶楚潭搀住了。这之后，你的意识完全解离，只朦胧地记得叶楚潭回来拿饭卡，正撞到你发病，便立刻去喊韩沛。他们以为你是严重低血糖，把你送到校医院挂水。韩沛很快离开了，只剩下叶楚潭陪在你床边。

你的身体状况稳定了，意识也渐渐清醒，发觉叶楚潭正牵着你的手。你握紧了他。你还是走出了这一步。那一刻，你突然觉得自己就像一只飘落到池塘里的蚂蚁，错过了从身旁滑走的树枝，就想抓住伸过来的稻草。多么可悲。你侧过身，遮住通往心灵的窗口，却挡不住命运的苦楚汩汩流淌。

不知过了多久，你忽然感到自己的长发正被一只温软的手轻抚着。它从发梢开始试探，轻轻搭上你的肩头，再缓缓摸向你的脸颊，拭去你的泪痕。

“丽娟，你……我很担心你。”叶楚潭向你靠过来。

你偏过头闪开他，盯着天花板，交代临终遗言似的说：“我好累，太累了，真想永远不起来，真的，你别管我了，真的……”

喃喃几句后，你被叶楚潭紧紧搂住。

在他怀里，你吐露了一切。

2A

2024/2/9

除夕

19:10

我很确定依兰不是低血糖。她晚上吃了不少，肚子圆得像头小猪，和动画片里的佩奇一个样。我看她眼圈有点红，胸膛气鼓鼓，八成在闹情绪。

“小坏包！就会找你爸撑腰！”

“妈妈才坏！妈妈是大——坏——臭——屁！”

依兰顺过气，躲在我怀里和美玲顶嘴。几个来回后，我终于闹明白是程丽娟寄来的盲盒引发的问题。依兰没抽中她看上的那只玩偶。我只好宽慰她：

“盲盒是这样的，没抽上就算了。”

“我就要乖乖龙！爸爸给我买！”

“乖乖龙？”

依兰拉我回到客厅，拿起包装盒，指着一张玩偶图片给我看，随后就抱着盒子蹲下来，继续生闷气。

“你说你买盲盒也不多搞几个，她没抽上想要的，可不得闹嘛。”

“我上哪儿再搞去啊？”

我说完便后悔了，显然暴露了，不该这么答。我本可以通过快递标签找到店家再买几个。程丽娟第二年寄玩偶时，我就追查过物流信息，想知道下单的人还是不是她。店家说，这单是另一个专营礼品的网店转过来的，类似代下单的模式。显然，程丽娟不会犯那么低级的错误。可我却在美玲面前犯了低级错误，一开口便透露出盲盒并非我所买这个事实。她果然拧着眉毛追问起来：

“你不知道上哪儿搞？到底谁给你寄的，嗯？”

警报拉响，我必须把话圆回来，否则她的疑心会越来越重。我装作哄依兰，让美玲先安静，给自己争取点思考时间。依兰显然是下午在外面玩累了，聚餐时又吃了不少，现在困乏交加，借盲盒闹觉，很快就眯着了。我把依兰抱进小卧室，轻轻放到儿童床上，再把她最爱的熊猫玩偶摆到枕边，转头继续小心应付美玲。

我知道否认或掩饰都没用。长期当班主任的美玲向来敏锐，只能顺着她的逻辑一点点往下走，最好编个难以对证又能自圆其说的故事。关键是，不管在语气或神态上，我都不能显得心虚，否则就会像那些被抓违纪后忐忑不安的初中生，三两下便被美玲拿住。

“我确实没啥印象买过这个。上次给依兰抢蛋仔派对，还有那个小马宝莉卡片盲盒，我不都一堆堆往家搬？这种东西我咋会单个买。”

“哦，你没犯错，那是人家犯错了？”

“别催，我想想……没准是那次。我不是在京东上买了一堆年货吗？然后有个第三方卖家，发货时说凑单满减用的小商品不够了，问我能不能换成龙年玩偶。我一想，反正都是过年的东西，就答应了，谁知道是盲盒啊。”

美玲哼一声，表情缓和下来，疑心似乎减了不少。我乘胜追击，再补一刀：“就几个盲盒嘛，你给找找哪儿有卖的，给她再弄几个不就得了。”

“这可是你搞出来的事，哪个店的自己不知道？”

“当时买了好多东西呢，这种小玩意儿我哪记得。”

“在快递盒上看看呢？”

“哎呀，就那破盒子，刚才拆的时候都扯烂了。再说，你找东西快，不是手机扫个图就有吗？我又不会那个。你也在淘宝或者拼多多上看看呗，万一比京东还便宜点呢。”

“你那德性！好像光省那仨瓜俩枣，就能再买套房似的。赶紧把快递弄完，洗水果去，一会儿还得看春晚呢。”

我知道美玲的脾气，只要她用“德性”这类典型的北京口语讽刺我，便代表我过关了。

“行。其实这事也不用急，说不定她睡醒就忘了。”

我正要走，美玲又说：“别跟外头抽烟了，一身味。再抽烟，一会儿别上床！”

“好好，不抽。”我应着声，出门继续拆快递。

楼道里的烟味还没散，我深吸一口，又想起程丽娟。

校医院那晚，我要是亲下去就好了。可我太傻，对男女之事太幼稚，临到关口竟然没能把握机会。不过，我毕竟还是打动了她，让她把压抑着的烦恼都倾诉出来，只是接下来就换成我苦闷了。当她说恐怕不得不和王孝承复合时，我先是震惊，继而生出一种类似惆怅或失落之类的感觉，仿佛顷刻间我就被无情地剜去了心脏，在胸口留下个巨大的空洞。我当时竟然一点都不愤怒，只觉得一切都是自己心甘情愿甚至咎由自取，谁让我不可救药地爱上了她。

那天晚上，我才真正了解程丽娟。之前只知道她身世挺凄惨，但从没想到会是《活着》那样的故事。她和我同岁，1989 年生，父亲是村里代课老师，母亲是小国企下岗职工。她五岁时，父亲查出肝癌晚期，第二年就没了，母亲随即改嫁。她父亲任职的小学念及旧情，收她上了学，还免除一切学杂费。此后她就住在爷爷家，全家靠一亩多地和打零工的小叔养活。

提起小叔，程丽娟很伤感。她说母亲扔下自己改嫁后，刚上高二的小叔跪在父亲坟前发誓，一定要把家里撑起来，之后便辍学打工了。十年里，小叔像父亲一样照顾程丽娟，连自己婚事也耽误了。程丽娟考上市里高中后，偏又赶上爷爷身体不好常去医院，家里负担加重。小叔为了多赚钱，赶着 WTO 浪潮只身南下淘金，才半年后就没了音讯，至今下落不明。

程丽娟告诉我，当年有小叔护着时，她不论在小学还是县里的初中都没挨过欺负。后来她在市里重点高中住校，小叔失联，家里经济断了，日子艰难不少，常被霸凌。她念到高二时，爷爷查出肺癌，喝药走了。她说农村老人没什么医疗保障，大病基本都是自生自灭，喝药还能少受点罪，让家里少浪费钱。说这话时，她又哭了。我安慰她，她说既是哭爷爷，也是哭自己，因为她那时已经很麻木了，小叔失踪时她还哭过的，但爷爷走的时候，她竟然一声也哭不出来。

她后来又提起大姑，说大姑才是程家最先死于非命的人。当时，大姑怀了二胎，因为头胎是女儿，两口子又是农业户口，符合国家允许农村生二胎的规定，所以在其他超生户都躲出去“打游击”时，他们大意了，原地没动。结果当地为了完成指标，要求期限内不许有孩子落地，大姑快足月时被带去引产，一尸两命。

她最后说起奶奶是被村里人活活气死的。当时村里不知怎么就传出流言，说她在大学里被有钱人包养，做了小三。奶奶听说后去找传谣的人理论，口角时中了风，很快就不行了，最后还是靠王家帮忙才办了后事。

“所以，我欠王孝承的，这不是钱的问题。他当时已经是我家准女婿，因为奶奶在闭眼前把我许给他了。”

“可如今毕竟不是旧社会。他这样对你……”

“你们男的不都是这样？只要把人搞到手，想怎样都行，我们女的还能选吗？”

我当时就被她的话刺疼了，但确实又无法反驳，到如今也是如此。婚后我在很多方面的确不怎么考虑美玲的感受，只由着自己的想法来，美玲也不时抱怨。至于王孝承，他肯定并不真的爱程丽娟。毕竟从程丽娟的描述看，我作为一个男人，都明显觉得王孝承只是把她当作一个尤物来玩弄。

可她最后还是回头去找王孝承了。那天输完液，差不多也是现在这个时候，七点多，我送她去地铁站。

一路上，我都在劝她别去了，可她对我说，没别的办法。她也如实告诉我，原本想找韩师兄表白，可师兄压根不给她机会。我说，早看出来你喜欢他了，不光你，连高年级师姐里都有想啃嫩草的，但他一直不为所动，所以就算你说了也没戏。何况他家世不凡，家里管得严，想必也不会掺和进普通人的三角关系。其实，我还想告诉她，我先前说忘带饭卡是假的。当时我就感觉到她可能想和韩师兄私下说点什么，因为她老不经意间望过去，所以我出门后没真走，就猫在门口听动静。没一会儿，我听见程丽娟要出来了，就赶紧跑到拐角，再转身回来装作拿饭卡。可我最终还是没说，我怕她觉得我城府太深，像个包打听。

她后来又和我详细说了王孝承的种种劣迹，我很上头，说大不了上门揍那家伙一顿，把警察引来更好，正好抓他进去。她叫我千万别冲动，说事情没那么简单。

我在地铁口又劝了她一会儿，她还是没改主意。我说实在不行就拖几天，等师兄师姐们都回来，一起杀过去摆平。她说，这事除了我，她没告诉别人，也不打算让更多人知道，毕竟已经算丑闻了。她也不知道怎么就对我说了，已经有点后悔。她甚至反问我，如果处理不当，那些黑料真的被王孝承发到网上去，也搞个什么门之类的大新闻出来，她以后怎么活？她说自己一无所有，就只剩下那点脸面了，所谓人穷就只能活一口气。她知道这很可笑，但没有办法，毕竟她走到今天不容易，对已经犯下的错误，只能将错就错，因为她已经承受不起恶化下去的后果了。

按她的说法，王孝承是高中邻班的，一直对她有想法，但是怕影响考学，所以上大一时才表白。她当时脑子一热就接受了，于是牵出后面一大串事。如今想来，这其实很古怪。市重点校里，尖子生为了考上好大学，是有可能压下感情冲动的，但只能考二本的吊车尾们似乎没这么多顾虑。如果程丽娟在高中真的被人欺负，王孝承为什么不当场站出来维护自己喜欢的女孩？王家不是有点背景吗？怕老师抓早恋？何须承认呢。帮助邻班女孩，总有机会和办法吧。可他当时什么都没做，把自己包装成屈服于学校制度的受害者。高考完了，假期里也没表示。他俩是一个县的，这么近也不联系，等上了大学，发现俩学校宿舍区挨着，这才想起来了？还搞什么一地玫瑰的表白戏码，俗套得令人作呕。说白了，不就是觉得近，容易上手，想趁程丽娟条件不好立足不稳，先占上而已，果然后面上床同居一条龙。有个近两年舶来的新词很适合描述王孝承的行径——性剥削。

可惜，在十二年前的那个晚上，我还没有如今这种经验和阅历，更不懂关乎人生命运的关口往往转瞬即逝，所以且不说“我爱你”之类的话，就连“我不嫌弃你”“我能接受你”“我愿意和你一起承担”之类肯负责任的话都没说，我只是像复读机一样重复：“你别去了。”劝她不去固然简单，可然后呢，然后怎么办？问题的重点并不是怎么对付王孝承，而是向程丽娟表明我对她本人的态度，用现在的话说，就是要给她吃“定心丸”，承诺“托底”。但我当时年轻气盛，一脑门子都写着好勇斗狠，以为这样就能让她开心。最后反倒是她劝我不要冲动。她说，不管今后的路怎么走，至少目前要先稳住局面，暂时满足王孝承是最好的方案，反正她已经这样了，和王孝承多一天少一天、多一次少一次，没什么不同，至少不会牵连别人。其实，这话的弦外之音很明显，就是想问我到底是不是那种置身事外的“别人”，但我居然傻到没听出来。我甚至傻到没有跟她一起去，只看着她独自进了检票口。

我就这么放她走了。当时我的确没有和异性相处的经验，遗憾地错过了本可能获得她芳心的机会。如果那个时候我能和她一起面对困境，陪她去见王孝承，或者阻止她去见，想必一切就不会是今日这样了。也许事态会转好，也许更糟，也许我们会在一起，也许已经分开，但人生一定会有所不同，至少，我会拥有一段真正刻骨铭心的爱情。

我最后看了一眼包裹玩偶的瓦楞纸盒，带上其他快递包装，一起丢到楼下垃圾站。回家后，我按美玲的吩咐去厨房洗水果，装了两大盘带回客厅，再进小卧室查看，发现美玲卧在床边也眯着了。我喊她一声，她赶紧摆手起身，推我一起出去，再掩上房门。

还差十分钟到八点，美玲打开电视准备看春晚。我对春晚没什么兴趣：年复一年老调重弹，刻意营造一种过年的氛围，早没了儿时老晚会的水准，没了年味。

我又想起程丽娟。她去西部挂职任副镇长时，曾经在师门群里直播乡镇的新年汇演。节目很乡土，但毫不做作，有种淳朴自然的质感。后来，连她自己也被拉到台上献唱了。

2B

2016/12/30
周五
7:40

你从未预料到，甘肃省砂阳市沙城区柳泉镇，这个埋在祁连山北麓戈壁中的小黄点，会以挂职的方式插进你的人生轨迹中。当所长以不容置疑的口气向你传达院里组建挂职团的文件，声称你被上面“点名”时，你没有任何犹豫便答应下来，就像你在过去二十来年中，早已习惯以学生姿态服从老师那样。

在挂职团第一次动员会上，新入职的博士们一串联，才发现每个人听到的说辞都不尽相同，显然都是被赶鸭上架的。这也难怪，创新院成立才两年，是唯一还没有派出过西部挂职团的高级别智库单位，所以你们才被匆忙组织起来顶上去。你终于赶在出发前办完了和王孝承的离婚手续，毫无挂念地乘上西去的航班。

挂职团到砂阳后分成两组，一队去桦岗县，你则前往沙城，去柳泉镇任副镇长。考斯特中巴从机场出发，疾行一小时穿过灰黄色的半荒漠化乡野，把你卸到柳泉镇政府大院。负责对接的副书记周雪生把你安顿在兼作住所的办公室，又带你在三层办公小楼和方圆近百米的大院里四处查看，接着便问你何时回京。

你顿时愣住，不明白周雪生为何突然下逐客令，只好硬着头皮回答，按规定必须挂满一年，中途不能离岗。周雪生见你有些“愣头青”，就详细解释说，他们见过不少下基层挂职镀金的，亮过相便退场，所有手续和鉴定均由当地代办。你在出发前的确听单位老同志说过，当地未必喜欢你们这些出家门就进校门、出校门就进机关门的“三门干部”，因为一年挂职期间本就干不了什么事业，搞不好还会给人家添乱，不如双方打个配合走过场。可不挂职，你还能去哪儿呢？况且这次院里下了死命令，你们这批挂职央管干部由组织部考核，绝不许出岔子。你不知道这是否又在唬人，但违反规定显然理亏，而且也不是你的作风。

你自然没有向周雪生吐露离婚后北京无家可归的实情，只是再次表达了扎根西部的坚决态度。周雪生将信将疑，把情况反映给镇上一把手闫拥军，说等第二天班子开会再作讨论。闫书记是个快退休的老干部，听你汇报完情况，终于还是让你结合进镇委班子，排名最末，暂时分管农业旅游宣传工作——具体而言，就是在本城网络社区中发布有关农家乐的旅游广告，并指导店家做好接待工作。

你在镇上住了一周，大家看到你是真挂职，也改变了对你的态度，开始和你讲真话、揭老底，刷新了你对基层的认识，让你看到了书本之外的现实世界，了解到基层治理中复杂的博弈状况。

转眼又过了一个月，已是年底。一清早，干部们在镇政府大院里下了早班车，一起拥到三楼大会议室搬桌椅。你头天晚上作为带班领导住在同层办公室值夜班，这时刚起不久，听到动静便出门打探，得知干部们正在布置才艺大赛会场。

你顺手拎起两把椅子下楼，跟着大伙一路走向前院小广场，只见西侧的水泥平台上已经铺好红毯，辟作舞台，几名干部正忙着摆长桌、码座椅，舞台后面的砖墙照壁正中挂着崭新的大幅彩色喷绘——画面上，一大片温室大棚在雪山脚下的原野上成列排开，天边的朝霞中印着“柳泉镇群众大舞台”一行金字。

你又往返搬了两趟桌椅，和干部们一起布置会场，座席摆了整整六排，其中第一排桌面上立着镇领导班子成员名签，第二排桌面上立着“评委席”和“村委代表”名签。舞台侧面还列着三张长桌作为场务席，桌上摞着一沓红色的证书外壳。

干完活刚好八点半，你回到办公室读了几份传阅文件，跑了一趟集镇上的社会管理服务中心出席活动，再去大棚开发区接待市里下来的新农村考察团。临近中午，你又和集镇办、卫生办、食药所的干部们一起检查集镇食品卫生情况。

回到镇政府时已过十二点，你看到舞台正前方新立起一座巨大的红色充气拱门，顶上贴着一排黄色大字：柳泉镇庆元旦、迎新春农民才艺大赛暨道德模范表彰大会。不少村民已经在座席两侧占好位置，等一点钟的活动开场。

你赶紧回到办公室，匆匆吃了一罐八宝粥，上好卫生间，又在羽绒服里贴了三个暖宝宝才下楼入场。前院此时已经停满了农用车、厢式货车、面包车和轿车，广场上也围拢了三四百名村民。各村代表和列席嘉宾来了不少，正和干部们三三两两地聚起来聊天。你和场边几位班子成员打过招呼，进到人群内圈，看到党政办的几名干部边打电话边调整后面几排桌子上的名签，技术员在舞台上调试音响和话筒，孩子们撒着欢在周围跑来跑去。

热闹的场面让你想起，小时候老家乡里办活动也是差不多的样子。那年，父亲还是受人尊敬的乡村教师，尚未查出肝癌。小叔上初三，有望考上市里的高中。大姑刚怀二胎，大家都盼着能生个男孩。爷爷奶奶沉浸在天伦之乐中，乡里人人都夸他们有福气。

俱往矣。

又过了十分钟，你看到赶场的村民陆续拥入前院，甚至把农用车和面包车开到舞台侧方，大人扛着孩子站在车斗里、车顶上登高张望。西北的寒风又干又冽，锉子般刮着你的脸。才站了一小会儿，你已经感觉脚底发凉，大衣口袋里也冷得像冰窖。你掏出手，呵了几口暖气，顺便看了眼时间，马上到点了。

台上，穿着白衫红裙的文化站站长盛瑛举起话筒，大喊着维持秩序。台下，人大主席茹庆国、副书记周雪生、纪委书记赵蓉和几个副镇长正招呼各方来宾入座。虽然你几乎不认识那些受邀而来的宾客，但还是跟着班子成员一起接待，听他们给你作介绍：这位是村委成员，那位是镇人大代表，还有集镇店铺老板、工业园区企业代表、村里能人和承包大户。很多人都知道你这个新来的北京干部，百闻不如一见，纷纷过来和你握手合影。忙乱中，你瞥见镇党委书记闫拥军和镇长许兴业一同出了小楼，后面还跟着几个村的书记、主任。

闫拥军和许兴业与来宾略作寒暄，分坐在第一排正中。周雪生在闫拥军右首坐下，又招呼你过去坐他身旁。你欠身入座，仔细端详起摆在面前的节目单。

“程镇长，北京没有这个吧？咱们群众多才多艺呢。”闫拥军隔着周雪生对你说。

“是哪，程镇长，节目都挺好。”周雪生也附和。

你点头应和。小时候，你也是见过类似场面的，只是从未有幸坐在第一排。如今你身居领导席，确实有些激动，而且城里也很难再见类似场景，于是你便拍了节目单和舞台照片，分别发到创新院的砂阳市挂职大群、沙城区挂职小群和师门群里，既是分享生活，也是汇报工作。

很快，三个群里都有了回复。

挂职大群里，有人发了大拇指、笑脸之类的表情，还有个在邻近桦岗县挂职的同事说那边也要搞活动了。挂职小群里，在东坝镇挂职副镇长的赵宏斌又念叨说，他前几天去村里列席演出，被冻得半死。你正是汲取了他的教训，所以不仅穿得厚实，还贴了暖宝宝。

师门群里也陆续有人发来消息，讨论挂职的、研究舞台的、问候新年的。你看到很多熟悉的名字，却没有韩沛。今天跨年，他总要冒个泡问候一下吧？这样你就可以和他自然而然地搭上话了。群里越热闹，你和他的互动就越不显眼——你正是这样打算的。

你不得不承认，离婚后，你对韩沛的感情出乎意料地越来越强烈了。对过去的怀念、幻想和不甘，重新唤起你对他的爱慕，更添上对陈妍的嫉恨，仿佛被长期压缩的弹簧，在失去约束后一下蹦了起来。你知道他是有妇之夫，这有违伦常，却依然压抑不住躁动的欲望，渴望在他心中占有一席之地，仿佛如此便可回溯时空，让你重拾青春。

“请家长把孩子看好，不要影响演出！”

盛瑛的大嗓门震得你头皮一阵发麻。你看向台上，发现她的喝止并没有多大效果，孩子们还是三三两两地跑来跑去。眼看演出没法开场，文艺站和党政办的几个干部干脆一起上台，把小孩连抱带拉地领走，这才终于清了场。

活动正式开始，大院内顿时响起震天的锣鼓声。

你转身向后看去，只见左侧一列穿着传统黄缎演出服的民乐队敲敲打打地从人群中穿过，围到舞台前沿，右侧，一对男女大头佛在前开路，引狮人领着两队四头红色舞狮，在喧闹的吹打声中上台。

“这是咱们沙城最专业的舞狮队呢。”周雪生对你说，“老板姓郭，大寨村的，每年都回来办一场，演出都不要钱哪。”

“那真是挺好的。”你答道。

“可不是，一次演出费要三千多呢。省下来，可以给村里多发些服装道具费哪。”

你应了一声，用手机拍起视频。一个戴毛线帽子、叼着棒棒糖、瞪着大眼睛的小女孩突然探出头，霸住了镜头画面。由于大家都看向舞台，一些个头小的孩子又沿着桌边偷偷凑了上来。你冲孩子笑了笑。一个党政办的女干部见状，赶紧弯着腰从场务席过来，想把孩子拉到边上，却在中途被下场跳舞的大头佛围住。女干部尴尬地跟着一起跳了几步舞，抱着孩子钻了出去，台下人群欢快地笑了起来。

你把这段视频发到师门群里，引来很多回复。

“舞狮啊，还真有乡土味。”

“小姑娘好有趣！脸红红的好可爱！［赞］”

“这节奏还挺带感的，我都要跟着蹦起来了~~”

“呃，这个人偶一样的是啥东西？”

“不知道唉［头晕］，不过乡下表演挺常见的，跟着狮子出来，像童男童女似的。［捂嘴］”

“好家伙，赶上师妹直播了！［大笑］”

“露天的吗？师姐冷不冷啊……［汗］”

“【大头佛（大头娃娃）——您可信赖的网络词条：也叫抛大头、罗汉舞，是一种民间传统艺术……】就是这个。［得意］”

“叶师弟查文献手速就是快！”

你看到叶楚潭的回复，又想起向他倾诉的那个傍晚，他竟没阻拦你去见王孝承。在地铁闸口前，你曾希望他有所作为，展现出真正的男性气概，然而他令你失望了，或者，你本来就没抱什么期望。发生的已然发生，你无法改变过去，他却像个孩子一样，以为只要惩罚了王孝承，一切就都抹除了，结就解开了。你明白，他潜意识里还是介意你的过往，才会用这种方法来回避真正的问题——他难以接受不完美的你，既然翻不过去篇，就打算撕掉书页。你十分清楚，对他这种有点幼稚和偏执、还处在感情冲动期的大男孩来说，任何芥蒂都可能成为未来关系的隐患。不过你并没怪他，因为他就是这样的秉性，他最终也没对你承诺什么。后来你不是没给过他额外机会，他却始终走不出那一步。你终于明白，他也许可以做个无话不谈的密友，但成不了托付终身的伴侣，因为他过不了自己那一关。本质上，他更爱他自己，只是他看不明白这一点。

锣鼓声戛然而止，舞狮队退场。郭老板和班子成员握手告别，带着队伍继续赶下一场演出。你瞄了一眼手机，叶楚潭一直在群聊，韩沛还是没有出现。

你看回台上。盛瑛宣布开始表彰道德模范，闫拥军上台讲话，并宣读获奖名单，证书由各村村委会主任代领。闫拥军随后又公布一个特别奖项：下马村“孝妇”吕翠兰的感人事迹经《沙城日报》宣传后，收到社会各界捐款总计八千多元，镇上民政办再凑成一万元整，以示奖励。吕翠兰由场边上台，从闫拥军手里接过奖状，激动得哭了，又是鞠躬又是感谢。

周雪生告诉你，吕翠兰是九十年代末从陇东嫁来的。说是嫁，其实算是半卖，因为娘家拿走彩礼后便再无联系，生死不问那种。小两口过了两三年安稳日子，生了个女儿。后来男的外出打工，进了传销组织，被破获后又开始赌博，还有个姘头，彻底把家丢下了。镇上打电话做工作，还委托在当地的老乡劝说，男人就是不回家、不负责，甚至不离婚。吕翠兰独自挑起重担，靠打零工和政策帮扶讨生活，一边伺候公婆，一边抚养女儿，就这么熬了十年。前年，她公公查出胰腺癌末期，没俩月就走了，婆婆受不了打击，中风偏瘫，全靠她照顾。

“政策上就不能再帮一帮吗？比如给介绍个稳定工作之类的。”你问。

“哎呀，她文化程度低，小学没念完，不好找事情做哪。现在集镇上雇她打扫个卫生，一个月给七八百。”周雪生回答。

“这样……”

“她女儿明年幼师毕业，讲好了来镇上幼儿园呢，多一个人养家就好过了。”

你点点头，心里却不是滋味。直到文艺比赛开始，你依然在反复琢磨这个典型。孝妇？这就是淳朴的乡土意识吗？摊上这种男人，要是在城里，早就打官司判离了。

想到离婚，你心里一阵悸动，不知自己和王孝承的事在老家会被人怎么议论。乡里人只道王孝承是你丈夫，却不了解你俩的真实关系。从某种意义上说，当年村里流言并不全错。你在事实上是被王孝承养起来的，而婚姻不过是他用来彻底控制你的枷锁。

你恨王孝承，但你更恨自己。当年被他胁迫时，你最终没能咬紧牙关坚持下去，彻底斩断这段孽缘，可既然是难断的孽缘，自然缘于无常的因果，仿佛不受尽九九八十一难，就无法功德圆满一样。

你又看到那个十八岁的秋天。

作为当代知识青年踏入社会的第一站，大学总会给“雏鸟”们送上些别样的见面礼，或让人欣喜，或让人沮丧，有时关闭一道门，有时又打开一扇窗。对你而言，不论叫作惊喜还是惊吓，总之你是被王孝承表白了。

入学才一周，他就在宿舍楼前用玫瑰摆了个心形，再捧着一大把花束站在当中，发疯一样地“喊楼”。面对人生第一次告白，你手足无措。室友下楼打探一番后，才知道王孝承是你同县老乡，还是同高中的，自称长期暗恋你，如今在隔壁二本学院读信科专业。室友还很有心地打探了他的家庭背景：爷爷辈是贫农，父亲是县里科级部门二把手，母亲在县医院任职。虽然你没了主意，但室友们堪比七大姑八大姨，建议你立刻接受他。毕竟上大学了，自由了，何况王孝承也算是个“小衙内”，不妨先骑驴找马谈着，总能捞点实惠，不行再分。

在残破家庭中长大的你并不懂得男女之情，但你确实懂得什么是现实，什么叫“实惠”。仅仅开学这几天，你就真真切切地被大学生活刷新了三观，尤其是金钱观——省城大学日常的贫富差距比老家中学夸张多了。

电脑和手机是大学里最常见的个人电子设备。电脑，你从来没有。除了高中应付检查时才偶尔上一次的电脑课，其他时候你完全没碰过电脑。反观大学，且不说报到当天就去电子城组装台式机的，更有直接带着笔记本电脑来的，相互之间还要攀比一番，在你听来完全像天书：“你这是国产的，配置不行，不好用。”“我的是美国牌子，原装的。”“我这台可是‘小黑’哦，看见那个小红点没？”“你那是新版小黑，我这才是真正的原版经典款。”

至于手机，你的那个又大又丑，黑白屏，只能打电话和收发短信，可看看周围人的手机，彩屏是标配，翻盖、直板、触屏五花八门，甚至还有人暑假去美国旅游，带回来个爆款 iPhone，是全球最新的智能机。

抛开这些电子潮流品不谈，即便在吃穿用度方面，你也有种刘姥姥进了大观园的震撼。你发现有人不自己洗衣服，而是拿去校外洗衣房和干洗店花钱洗。你发现别人原来是一套套甚至一箱箱买化妆品的。你发现同学买零食能塞满整辆购物车，回来足够堆满整张床铺，而且几天就吃光。你发现新生里甚至流行考驾照，周末便开车出去游玩。

你从未如此深切地认识到自己是个土包子，即便成了“金凤凰”，可周身依然打满了贫穷的标签，看一眼就会和“贫困生”“勤工俭学”之类的字眼联系在一起。你的脸面，尤其是这样一张靓丽的脸面，往哪里放呢？入学没多久，你就变得极要面子。原先你是自卑的，却在现实的刺激下迅速滑向自傲，以此作为抵抗外界目光的心理防御。

可自傲需要本钱，只靠一张脸又能撑多久？从老家带来的那点生活费实在禁不起城里的花销，于是王孝承成了你的“及时雨”。刚开始，他不过送些水果零食，而且说是和你们寝室联谊，消除你的心理负担。慢慢地，他开始提高礼物的价码，并诱导你主动提出要求，笑嘻嘻地满足你被勾起来的欲望。

后来你才明白，也许王孝承的智商算不得高，但情商却不低，很会耍手段。他了解你的底细，清楚你经济窘迫，容易被物欲撬开缝隙，于是利用你对他越来越强的经济依赖，制造情感负债。

在一步步陷入王孝承的圈套时，你潜意识中的确感到不安，但明意识却以“恋爱”这个好听的借口将其压制住了，更何况这确实解决了你迫在眉睫的生活困境。假如你有一个幸福美满、衣食无忧的家庭，你肯定不会被这样露骨的小伎俩俘获，可你天然缺乏这方面的抵抗基础。小到零食文具，大到服装手机，王孝承逐步吊起你的胃口，终于施展致命一击，将你彻底收服。

“双11”光棍节那天，面对那台SONY最新款VAIO“华丽粉”笔记本电脑（你依然清楚地记得这个让你沉沦的、当时最受时尚女性青睐的型号），你终于答应了王孝承“脱单”的要求，正式确立关系，成为他的女友。开学不过两个月，你就谈起了恋爱。或许在你内心深处，经过高中三年应试高压后，本能地想弥补错过的青春。更何况，这在经济上也不无好处，王孝承的确承担了你不少生活花销，让你过上了轻松的日子。那些你以前不敢踏足的商场、饭店和娱乐场所，如今也由他带领着频频光顾。

你既得了里子，也有了面子，不久之后便光了身子。你无力拒绝王孝承利用你暴涨的开销索取肉欲，只好放任他从牵手到接吻，从搂抱到爱抚，从脱外衣到脱内衣。随着一次次屈服，你最后的堡垒终于失陷了。自此以后，他肆意妄为，进一步对你施加精神控制，反复施展胡萝卜加大棒手段，让你在恐惧和讨好中严重内耗，最终失去反抗的意愿。王孝承摧残了你的精神，剿灭了你心中的自傲，把你紧紧地逼到自卑的角落里。

后来你才明白，他那套手法被称作PUA，只对你这种没有家庭呵护而且童年残缺的女孩才有奇效，心智健全的人会天然抵抗这种明显卑鄙低劣的手段。

你还明白了另一个事实：自己是大学婚恋市场上最先“出局”的人，早早失去了日后下大注的珍贵筹码。宿舍里四个女生，你的长相和气质最好，也最早谈恋爱，对象却最差。其他三人，分别找了暴发户同学、书香门第的硕士生、市局处长家的独子。她们当初撺掇你早早“卖身”，自己找对象时却挑三拣四、慎而又慎。你隐隐怀疑过，自己是否因为不谙世事、不懂社会，被室友们共同算计了？但王孝承当时却“教育”你：

“她们是为你好。上大学就是进社会，找对象谁不看出身背景？她们虽然都没你漂亮，但其他条件比你强得多。有钱有势的都讲门当户对，谁看得上你这种连正常家庭都没有的底层女孩？你知道为了跟你在一块儿，我给爸妈那边说了多少好话吗？你得明白，如今这年月，女人长得好看，只有在出身也好时才是加分项。如今整容技术这么厉害，漂亮算什么。我要不是高中时对你一见钟情，还是初恋，才不找你这种呢。你也知道，我妈一直想撮合我和她医院副院长的闺女。我要是坏一点，玩你几个月再甩了，你能怎么样，有人给你撑腰吗？我怕什么，我再找容易得很，倒是你，谁会接盘呢……”

若不是偶然间听了张启能的讲座，考研来到北京，或许你的后半辈子会一直活在王孝承打造的精神牢笼里。现在你已经离婚两个月，想必消息也在村里传开了，指不定他还散布了多少谣言。

你又想起那个女人。父亲刚病时她就在盘算后路，不仅不掏钱治疗，还在外面找男人，最后卷走财产奔向“新生”，甩下弱小无助的你。若非她当初把你推向深渊，你又怎么会被王孝承拿捏？人性善恶往往只在一念之间，却可能影响别人的一生。对你而言，前半生已经够灰暗了，韩沛仿佛一道明亮的光，让你自以为看到了希望，但最终可望而不可即。

你滑开手机屏幕，查看群聊，还是没有韩沛的回复。你又拍了几段视频发在师门群里。直到演出过半，你终于等来韩沛的消息：“乡村文艺还挺不错，女的真多，几乎全是台柱。”你马上回复说，年底事情多，男的都在外面跑，就妇女好组织。随后韩沛又沉默了。你犹豫一会儿，压住了给他发私信的念头，同时也失去了继续录视频的热情，毕竟你的脸颊已经冻得麻木，指尖也隐隐发紫。你把节目单对折几下，叠成拱形，支起手机，缩起手，边看节目边盯着屏幕上不时弹出的群消息提示。

你突然想到，群里这么热闹，他又不积极参与，说明被其他事或者其他人给占住了。是陈妍吧？你打算主动出击，直接 @ 所有人问:“城里跨年都在干吗呢？我在村里都快不食人间烟火了。[尴尬]”

“[汗] 改论文中……”

“判选修课期末考试卷。[衰]”

“哄娃。[烦躁]”

“部门总结不合格，甩给我重写，今年必须交。[微笑]”

“【引用‘哄娃……’】本机构早教寒假班特惠中，这位老板要不要报个名？哈哈哈哈！”

“今年好像没几个小时了？？”

“@ 王浩　资本家你好，资本家再见。[炸弹] [炸弹] [炸弹]”

“我正在媳妇公司这边，他们在搞新年团建活动。”

“韩师弟一向妇唱夫随。[阴险]”

“……[狗头]”

你看着韩沛发来的公司活动合影，长长地叹了口气，借口去卫生间回到办公室。你用电水壶烧起半瓶矿泉水，靠在窗边，盯着屋角那盆鹅掌藤。

韩沛果然和陈妍在一起，作为夫妻这天经地义，却让你很是心塞。你甚至被韩沛发来的团建照片深深刺痛了：酒店会所、海鲜自助、西装革履、油头粉面。

你的一切努力，都是为了离开你出生的那块土地，而他们却在一开始就几乎什么都有了。在你的童年记忆中，村里贫穷又落后，甚至还带着些野蛮和愚昧。你考上大学后就很少再回老家，总想摆脱身上的乡土味，做一个真正光鲜的城里人。如今你终于在北京扎下根，似乎实现了当初的梦想。可实际生活是什么样子呢？一个离过婚，工资还不到北京市平均水平，只能买共有产权的小房子，还欠了三十万外债的青年女学者。你看着宴会上雍容华贵的陈妍，心生不甘。她天然就拥有一切，甚至毫不费力地拥有了韩沛，你怎能不感到沮丧？你对韩沛的爱意，不管在过去还是现在，都没有办法跨越那条阶层的鸿沟，就像叶楚潭曾说过的："他俩可是金童玉女，宝玉配宝钗。如果把咱们这种人也放书里，恐怕连刘姥姥都不如，人家和王夫人倒真能攀上点亲戚，咱们呢，不过是私塾里的伴读，能留下个名字就不错了。"

如今，韩沛回到他的天空，越飞越高，而你又落回村里，重温乡土的面貌。这十年来，年轻人大量进城，人口老龄化加剧，农村日渐凋零。农户人家，尤其是生了男孩的，条件再差也要在沙城这个小小的县级市里供个房，十多万的首付再难也要凑出来，或者借出来，否则就没有资格娶媳妇、续香火。这尚且没算最低八万八甚至上十万的彩礼。你听干部们说，城里的婚嫁负担还要重得多。

农民的收入呢？你很清楚。柳泉镇人均年收入只有一万元，这还是浮在账面上的。万把人的镇，靠百十个种植养殖大户、集镇和园区老板，总收入就平均上去了。你下过村，也挨家挨户看过、问过，普通农户的收入多数是在平均线以下的。一亩大田玉米，一年能收多少钱？这两年价不高，连两千元都没有。才引进没几年的甜叶菊，行情也越来越差，一亩只收入三四千，还占人力。温室蔬菜大棚不是家家有，棚子本身就不便宜，用不了几年就要翻新维护，何况菜价的涨跌也不好说。就像那年西红柿收获过剩，农民拉到乡镇政府甚至市政府讨出路，结果全市机关食堂吃了一个季度的西红柿，也只是杯水车薪。

在班子会上，你曾听书记和镇长讨论过提高务工收入的困难，像沙城这样工商业孱弱的区县，没什么技能和学历的农民只能在农闲时打短工，一个月两千元而已，扣除通勤、住宿和吃饭，也存不下多少钱。之前听说口子松了一点，能让农户散养几头羊了，似乎可以增加收入。可你打听过才知道，羊羔顶多值三四百元，大羊也多赚不了几个钱。本地绵羊出肉率只有一半，屠宰时皮子和下水还要抵出去。万一赶上行情不好，活羊连十元一斤的价格都不到。

你思前想后，也算不出农民还能有什么收入。虽然你早注意到他们喜欢把收入往少了说，怕被人惦记，怕没资格领补贴，可他们过的日子，你在这一个月里也看了不少，最普通的农户怎么算也达不到人均收入线。你很清楚平均这种算法。什么东西一旦被平均，内在结构和差异就被抹掉了。

你不禁想到，假如把近十四亿人放到一起作统计，这些农民会处于什么位置？自己会处在什么位置？韩沛和陈妍又在什么位置？

啪！

水开了。

你兑了半杯温水焐手，看向窗外。他们看着节目，开心地笑了，尤其是孩子们。可他们承受了多少？老人年复一年下田种地，青壮年年复一年外出务工，孩子一天天、一月月、一年年跟着老人留守。农民有几个能过上城里人那种日子？他们甘心这样吗？他们真的情愿这样一代代生活下去吗？可这就是农村的现实。你曾经问乡镇干部们有什么法子，有人向你两手一摊，说自己也刚过温饱线而已。

手机振动起来。你打开群聊，看到有人@你，也看到韩沛新发的团建会场视频——到了活动抽奖环节，奖品是一辆宝马轿车。画面中，随着最后一个号码球从摇奖机中落下，场内爆发一阵尖叫。获奖者在掌声中上台，从陈妍手里接过车钥匙。你叹了口气，没有回复，也没有再发照片或视频，只是默默地看回广场。这就是现实，你改变不了的现实。

你回到前院，坐回自己的位置。最后一个舞蹈节目结束，活动进入评委合议颁奖环节。周雪生告诉你，获奖名单先由评委和村代表提出建议，再由书记和镇长最终决定。

评奖讨论期间没有节目，盛瑛便邀请台下观众即兴表演。一个戴着墨镜的黑脸汉子喊了两句，从座席区闪出来，三两步便跳上舞台。你记得这人姓黄，在镇上办了个小型脱水蔬菜加工厂，你还去参观过。他唱了一段地方戏，有点像秦腔，不过你对曲艺不熟，也听不懂方言。

黄老板唱完，没把话筒还给盛瑛，而是下台拉班子成员一起上去唱。

闫拥军坐着不动，摆摆手表示唱不来。许兴业和周雪生都站起来，拉着黄老板边说笑边推辞。黄老板正好看到探着身子观望的你，便对书记和镇长说了几句话。闫拥军笑着点了下头，周雪生便转过身，对你说：

“程镇长，黄老板说呢，请北京领导指导镇上文艺工作哪！要不，你也表演个啥嘛，啥都行嘛！”

你不好回绝，只能应下来，说唱首歌，于是和黄老板一起上了台。他拿着话筒，用口音很重的普通话介绍你是“北京领导”，随后讲起场面话。

你站在舞台上，看着下面黑压压的人群，恍惚回到了童年。那次过年也是这么多人，也是这样的舞台。你还记得自己不听话，非要爬到台上去找爸爸。你被那双大手抱上去，被高高举起，最后骑在爸爸头上。你看到很多人，戴着帽子的、裹着围巾的、蓬着头发的，都是乡里乡亲，一色红黑的脸。大家看你闹，都在笑。台上在唱，爸爸也在唱：妹妹你大胆地往前走。你一直不知道这“妹妹”是谁，她怎么就那么大胆，连头也不回？直到前两年看《红高粱》，你才知道那歌里的妹子叫九儿。

“程镇长，咱唱个啥歌嘛？”

“就唱《九儿》吧。”

“九儿？哦！《红高粱》嘛，好哪好哪！”

黄老板带头鼓了几下掌，走到一旁，留下你独自站在舞台中央。盛瑛趁着台下人群鼓掌的间歇凑过来问，要不要找伴奏？你说，这歌不需要。你望着天际线那白皑皑的峰顶，深深地吸了一口气。

歌声消散在戈壁雪山，把思念送回故乡那片田野。

3
AB

3A

2024/2/9
除夕
19:55

“我妈刚说，二伯没了。”

“二伯？哪个二伯？”

“还有哪个？你毕业那年帮你找市里那个岗，结果你没去的二伯。你说你，人家当年帮你忙，都不记人点好。”

美玲又在话里夹枪带棒，她一向如此。凡是她家给我的好处，总要找机会再提个醒，变相搞一把感恩教育。我不想和她纠缠，便问二伯什么情况，才知道是心梗没的。

“平时看着好好的，疫情那会儿阳了也没大事，谁知道这就走了。”

“哪天没的？”

“昨天晚上进医院，今天早上没的。”

“刚才吃饭时妈没说啊。”

“她下午才知道，说年夜饭上提这个不合适，这不刚刚告诉我。”

这又是美玲家的某些“老规矩”之一，我已经领教过不少。以前我还会和她争辩是否合理，如今我懒得再多事，就听着而已。

我并没忘记这个二伯，只是平时来往少，一时记不起来。我毕业那年，他刚从一家金融国企中层退下来，说趁着人刚走茶还温，再帮后辈一把。后来他给我介绍了一个市属政策部门，单位级别低一些，但是福利待遇都很好。不过，为了事业发展，我还是靠美玲家另一关系牵线，进了待遇差些但级别更高的大社科系统。他当时并没怪我，说有备无患，多条腿走路也好，万一别的地方不成，总有能接住的地方。

最后一次见他是2020年除夕聚餐。当时他问我对新冠病毒的看法，我说很不乐观，因为社会扩散面广，再加上春运因素，可能会出现几何级数暴发。他说我有不错的研判能力，不过转而又讲起扁鹊见蔡桓公的典故，提醒我谨言慎行。我还记得他总体是乐观的，说北京当年非典闹得人心惶惶，最后还是控制住了。

我们都没料到事态的发展。

去年春节时，二伯因为新冠后遗症没来聚餐，但给美玲转了八千元，说是给依兰补上疫情时没见面的各种红包。还记得他儿子比我大一轮，两口子都在硅谷搞IT，先在微软，到我和美玲结婚那年，又同去亚马逊，疫情前进了谷歌。疫情中他们回不了国，经常托我们关照二老，没想到最终二伯却死于心梗。

“那你堂哥这次肯定得回来办事了吧？”

“肯定啊。前两年回不来，去年好像说去搞人工智能了，太忙又没回，这就再也见不着了。”

“头七还在年里吧？过年办？”

“不知道。听妈说，大概是先火化不下葬吧，墓地都还没影呢。再说他们也待不了几天，估计就是回来看一眼、磕个头。”

“那伯母一个人……”

“唉，那怎么办？之前说让他们出国养老，又觉得不习惯。鹏哥两口子早入籍了，肯定不会再回国住的。”

“现在养老的确是个大问题。”

“妈刚才还说，鹏哥问大表舅妈住的养老院怎么样。你记得吧？去年咱俩还去看过一回。说不行把伯母也送过去，俩老太太做个伴。”

我确实记得那个公寓式宾馆改建的养老院。一楼大厅有接待处和会客区，上电梯要刷卡，每层都有服务台。大表舅妈住的小单间就是标间改的，陈设和装饰更加朴实，挺适合老年人休养。

那天我和美玲送依兰去早教班，放下孩子就去看望大表舅妈。这个表舅妈是大表舅中年丧偶后再娶的，小他七岁，他们没再要孩子，二十多年里日子过得挺安稳。尤其是大表舅得肺癌那两年，她一直尽心尽力照顾，也没私下转移财产。大表舅走后，她和大表舅的双胞胎女儿分配了遗产，只要了之前住的二环边小两居和一半存款，没要二环外的大三居，也没要股票、基金之类的金融资产。美玲猜测说，这表舅妈自己还有个儿子，当年跟着前夫，也快四十了，不成器，混得不怎么样，她选择要房子，恐怕是为了百年后留给亲儿子。

那次探访，我们送了些水果，坐了二十来分钟，聊了一会儿。大表舅妈说养老院一个月要交七千多，刚好和两居室的房租收入打

3A

平，她没其他花销，就把自己那份养老金存起来。她觉得这样过挺不错的，吃喝都有人管，下楼可以遛弯，附近还有超市和地铁，干什么都方便。

我们怕刺激她，避而不谈身后事，不过她倒是主动说了不少。她感叹自己这辈子命苦，早年没看清人，嫁得不好。前夫家暴、酗酒，还因为伤人蹲过几年号子，赔了不少钱，最后她告到法院才离成婚。和大表舅再婚后她才过上了正常生活，只可惜儿子终归还是受父亲影响，没学好，现在也没个正经营生，虽然不至于违法犯罪，但总有股不务正业的习气。她还念叨，儿子三天两头换姘头，没一个良家女子，都是瞎玩不结婚，以后怕是抱不上孙子了。不过，说到后来她似乎又想开了，说托生到这种家里，孩子也遭罪，抱不上就算了。她还知道大表舅已经和原配合葬了，说将来要是人家女儿不愿意把她葬在一起，也能理解。她儿子那边是不指望了，将来万一她病了瘫了，儿子不提前抢财产就算孝顺。她说自己绝不答应和前夫葬在一起，但怕身后做不了主——毕竟从法律上说，她再嫁时两个继女已经成年，没有送终义务，儿子又未必靠得住。因此她打算将来写份遗嘱，让律师执行，给她来个海葬或者生态葬。我不敢乱说话，美玲却一直劝她，说不至于如此，她伺候大表舅那么多年，两个女儿不会不念旧情。

我们离开后，美玲和双胞胎表姐单独拉个小群，一路上都在发微信语音，转述老太太的想法。在我看来，美玲此次探望，其实有点打探情报甚至搬弄是非的嫌疑，不过她好像乐在其中，不觉得自己是个到处掺和的传声筒。我以前因为类似的事说过她，她就念秧子，攻击我家亲戚少，没有维持大家族关系的意识。我在这方面说不过她，毕竟我父母当年都是服从分配，背井离乡，在新地方扎了根，交通又不便，和老家亲戚自然就淡了。美玲家这种祖上几代都盘踞京城的，我是真没见过，也想象不出大家族的生活模式。而且，她每次埋汰我，到最后都变成对我的个人批判，就跟老师训学生一样，所以我也学聪明了：她不去外面搬弄是非，就得在我身上挑毛病，不如由着她算了，我乐得图个清净。

所以，这次我也顺着她说，绝不把火头往自己身上引。

“伯母真愿意去养老院吗？”

“不去还能怎么办？万一她一个人出点事，都没人知道啊！”

“一个月七千多也不便宜。”

“反正伯母退休金高，将来真要是病了、瘫了，不能自理，再加几千护理费也出得起。”

“那一个月得上万了，还不如请住家保姆。”

“二伯还在的时候妈就劝过，人家不乐意，说家里东西不老少呢，怕丢，更怕出事。”

“能丢啥？能出啥事啊？”

“人家可真有好东西。二伯以前管信贷，松一松手就能让人发财，紧一紧眉就能让人破产。虽然他也得看大领导脸色，但要真犯横，也够下面喝一壶的，人家敢不打点？唉，说到底，二伯还是级别低了点。要是能再上一步，他们家就是进 ICU 插管子，也得把人保住。”

“跟你姥爷那个战友似的？那好吗？多遭罪。”

“你以为呢。到那个级别，就是成植物人了也比别人强，人在脸面就在，托个关系讲个情面还有人认，何况离休金海了去了，住院也不用自己花钱。再说，你想拔管，医院还不一定乐意呢。”

美玲每次说到这事，就得继续念叨下去：她姥爷战友后来怎么高升，离休后家属和医院怎么利用全额报销待遇乱开高价药，子孙们怎么蒙祖荫好乘凉，最后老人脑死亡，还一直插着管子，每月照领几万元离休金。这段故事她讲过好多次，结尾必然是，她姥爷当年如何揣着盒子炮带队伍进城接管，如何为建设大局转业到地方，在级别和待遇上吃了亏，如何在“文革”落难时含辛茹苦拉扯三个子女长大，如何高风亮节、从善如流，不搞裙带关系不谋个人私利，最后如何在弥留之际要求不再浪费国家资源，坚持不抢救。

所谓旁观者清，我觉得美玲对她姥爷和那个战友的往事耿耿于怀，多半有酸葡萄心理。有一次她又念叨，说姥爷当年要是不转业，迟早也能晋升将衔，或者转业后像别人那样以权谋私，给子女孙辈都安排位子捞钱，那她找对象就硬气多了，哪能轮到我摘桃子。我嘴上不说，心里当然极尊重这位我只见过照片的老前辈。还好他两袖清风，才让我这个劳动人民的儿子有资格拱了美玲这棵回到劳动人民中的白菜。

美玲这次并没念叨完，因为电视屏幕上已经显示春晚倒计时，她拿起手机忙着发消息，在各个群里抢红包。

我没什么可干的。中午已经给父母打了电话，下午也给亲朋好友、领导同事都发过拜年消息。我盯着屏幕上的倒计时，突然想起当年张老师的葬礼。张老师也是因为心脏问题突然走的，心源性猝死。至今大家也不清楚张老师的具体死亡时间，因为师母去世后他一直独居，只能估算出是在10月下旬那个周末，22日深夜或23日凌晨。周一他没去上课，才被发现。

张老师的后事是他女儿张凝瑗从马里兰大学紧急回国后才办的。当时有人私下说，张凝瑗恰好是国庆期间出国的，要是再推迟一段，说不定张老师发病时有她照应，能抢救过来。不过历史不容假设，张老师或许命该如此，令人无可奈何。

张老师身后终归一片萧条。系里没了顶梁柱，被上头排挤，几个老师陆续出走，两年后就垮了。师门凝聚力在最初几年还可以，但时过境迁，迤逦走到今日，同窗之谊还是淡薄不少，群里连说话的人也不多了，几乎没人想起来还有个消失多年的程丽娟。可当年她确确实实是张老师的关门女弟子、大家最疼爱的小师妹。

如今想来，一切都是从张老师的葬礼开始的。

那时程丽娟和王孝承还没离婚，租住在交道口边上的老破小里，一套张老师的朋友给孩子挂学区户口的一居室。葬礼那天的清晨，钱一帆师兄开车，一路拉上我、陈绣芳师姐和王浩师兄去接程丽娟，要一起作为师门代表，到普仁医院护送灵车去八宝山。我和钱师兄不太熟，他毕业多年，三十多岁，已婚有女，在部委坐办公室，发福得厉害，以往只在师门活动时来，见面不多。

陈师姐比我和程丽娟早三年入师门。她为人大气仗义，脾气和相貌都透着女汉子式的英武。我对这样的“大姐头”总是有点怕，不过程丽娟在考研破格时曾受过她照顾，所以一入学就成了她的小跟班，后来还做了她的伴娘。她在通信行业的一家研究院任职，丈夫在中关村的网络公司做IT工程师，儿子当时已经一岁了。

王师兄和陈师姐同届，在我和程丽娟入学那年毕业。我跟他挺熟，因为他常回学校。当时，他在一家德国技术公司做商务代表，相当阔绰，屡屡请同学们唱KTV、下馆子，总要拉上陈师姐。我们当时都猜他俩八成有一腿。但陈师姐在博士毕业前一年开始相亲，王浩就来得少了。后来，王浩换到一家教育集团工作，搞K12教培，那时陈师姐已经结婚，两人开始水火不容，一见面就唇枪舌剑，时常掐架。

送葬那天，他俩掐了一路，吵个不停。当时我坐在后排最靠里，陈师姐在我旁边。王师兄上车后，还没在副驾坐稳，两人就开始交火。先是陈师姐暗讽王师兄是单身狗，王师兄就拿陈师姐生育后的体重反击，随后他俩又开始扯房价问题，因为陈师姐家按揭了学区房，而王师兄只租不买。接上程丽娟后，两人继续互怼。钱师兄想缓和气氛，但没一次成功。陈师姐还想拉程丽娟帮腔，可程丽娟的心思似乎根本不在车里，她总看着车窗外，神游似的。

还好路上很空旷，钱师兄在二环上一路飞驰，很快到了普仁医院，结束了这对冤家的争吵。我们见到张老师家属后，才得知最新消息：葬礼流程有变，学院领导估计不来了。当时大家只觉得学院的态度是人走茶凉的普遍表现，但几年后才明白，那的确是诸多变故的预演。

3[B]

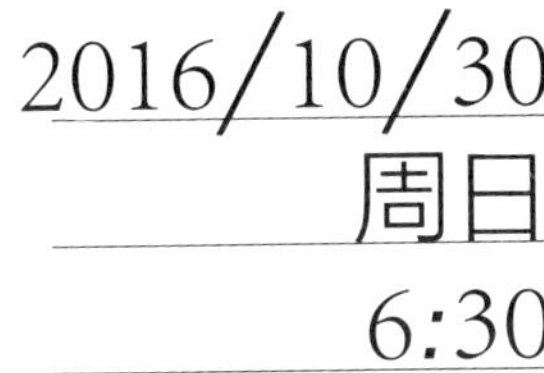

北京的深秋和晚春一样让人难以捉摸，天气像没炒匀的什锦饭一样冷热无常。你还记得周四去单位时虽然有小雨，但并不觉得冷，也没什么风。时隔三日，当时的大衣却无法抵御清晨的寒意和北风了。这想必是某种地球物理上的气候复杂性，和突变论有关。你站在路边，捂紧大衣琢磨着。你来北京五年多了，却依然猜不透这个城市换季时的脾气，正如你无法预料人的命运。张启能怎么会猝死呢？你在他门下硕博连读共处五年，从没听说他有隐疾。即便是最近这两年，你也没发现他有任何异常。

你想起自己年初结婚时，和王孝承回老家办婚礼。张启能当时在纽约开会，特意在时代广场录了一段视频发过来。视频里他多精神，去西半球都不用倒时差。你又想起博士论文提交盲审前，他两晚就改好了十多万字的文稿，隔天还能一大早给本科生上课。你甚至清楚地记得，就在月初，他还热情高涨地准备申报国家社科基金重点项目，并决定带上你。你两眼直直地盯着空荡的马路，难以理解这一切。难道真像这几年诸多猝死案例那样，越是平时看着健康的人，越容易毫无征兆地轰一声倒下？你只要一想到，自己的恩师甚至可以说是再生父母也这样轰地走了，连一句话都没有留下，就感到锥心之痛。

可人总是要面对现实。你失去了一直关照自己的导师，也失去了参与下年度社科基金重点项目的机会，这使你的学术前程蒙上了很大阴影。你毕竟出身寒微，没有任何社会资源和根基，当初若不是偶然听了张启能的讲座被点化，你怎么会考研读博？又怎么会有机会留京？半年前，你靠张启能推荐才进入创新院，一入职就赶上集资建共有产权房，捡了大便宜。如今，你再也靠不了他，原定三年评副研的晋升计划肯定要泡汤。

但问题还不止这些。单位集资共建福利房时，你找婆家借了三十万首付。婆家怕人财两空，提了条件：欠款算你婚内个人债务，还要你承诺三年内生孩子。

你感到极不公平，却无可奈何。以你的了解，婆家拿出三十万并不困难，若夫妻俩一起写借条也就罢了，但只落你的名，显然没把你当自家人。何况，王孝承也有收入。他靠父亲的关系，在北京一家 IT 公司挂名领空饷，凭什么不能为小家分忧？

可你又能怎么办？你无计可施，你的命运历来如此坎坷。如今这命运之轮正碾碎你在北京的前程，而你就像陷在泥地里被寒风随意拨弄的枯叶，毫无招架之力。你越想越焦虑，很快就感到腰酸腹寒。

手机响了起来，是陈绣芳发来的语音通话。

“娟儿，我们刚过南锣鼓巷，马上到，是个黑SUV。”

“我就在第一个小岔口边上，过交道口就能看见。”

通话结束，你又点开王孝承的头像，犹豫着要不要留言嘱咐几句，转念一想，算了。他每次通宵打完游戏都睡得跟猪一样，有时到傍晚才醒。你又点开师门群，想看看有没有韩沛的最新消息。他昨晚乘火车进京，预计今天早上抵达。你还是忘不了他，即便你们都已各自成婚。

你很快上了车，坐在后排外侧。不出你所料，王浩和陈绣芳在斗嘴，钱一帆想当和事佬却不成功，叶楚潭闷在后排角落里不吱声。你不敢看叶楚潭的眼睛，和他打完招呼就望向车窗外。

当年你拿关美玲相亲的事刺激他，他对你就冷了下来，毕业后更是极少再联系。你表面上装作满不在乎，心里却怅然若失。你曾以为他会纠结，会回头找你，可他竟没有。你们毕竟差点跨过暧昧的界限，他却一转头就搭上了别的女人。如果他当初顺从你的引导，迈出那一步，那么后来的一切，不管是王孝承还是关美玲，也许都不会再出现了。你有时想，也许自己从一开始就在自作多情。叶楚潭之前对你的好感，或许只是情窦初开的大男孩对漂亮女人的迷恋而已，冲动中带着盲目，他自己也不明白究竟要什么。

你一直以为，他在感情方面或许永远也长不大，可是关美玲事件后，你亲眼看到他的剧变。你突然看不透这个男人，想不明白他到底是突然成长了，还是对你彻底关闭了心扉。后来你在他的婚礼上看到他的眼神，才明白，他绝不是看上关美玲这个人，而是贪图做北京女婿的好处。他真是成熟多了，学会了如何做当代社会的识时务者。

你漠然地看向环路西侧，盯着鳞次栉比的摩天大楼。初升的旭日向联排玻璃立面上泼洒炫目的光芒，半空中仿佛上演着一场由反射定律操控的幻影秀。你看得入了神。多美啊，像极光，那传说中女神在天上曼舞时垂下的华丽裙摆。你多想摆脱这些世俗烦恼，做个无忧无虑的神仙。

现实却是你进了普仁医院，你们在停车场遇到张启能的家属，致哀慰问时得知，原定出席葬礼的学院副书记临时开会，遗体告别有可能因此取消。在家属们分头联系殡仪馆和校方时，你们由张凝瑷领着，前去瞻仰逝者遗容。

你踏进太平间的铁门，穿越阴阳的界限。花圈、骨灰盒、陵园广告、丧葬价目表……脚步声在冰冷幽暗的水泥汀甬道中回荡，仿佛亡魂在叩响冥界的边墙。

多么熟悉的气息。你当时穿着棉衣，跟在那个女人身后，在通向医院的马路上小跑着。路边到处码着纸钱和寿衣。有对纸扎的童男童女立着，和你差不多高，盯着你看。你跑得更快了，直到医院门口，累了，蹲在地上喊。她瞥你一眼，骂道，咋不去死？你很委屈，可是不敢哭，跟在她身后钻进门帘，从林立的人腿间穿过大厅。你不知爬到几层，只记得楼梯口有个小门洞，那里的老护士扫了你一眼。你往里走，水泥换成了瓷砖，滑溜溜的。有个瘸腿的人，拄着拐杖盯着你，一直盯着你。他躲在拐角的影子里，眼珠白惨惨的。你不敢看，低头走过去，又忍不住偷瞄一眼，他居然还盯着你。你跑开，摔倒，爬起来，追着那个女人进了涂白墙的小屋。

你看到爸爸，对，是爸爸，肯定是。他瘦了很多，平躺着，不动也不说话，似乎睡着了。你不敢叫他，因为那女人不让。你看到奶奶拉着爸爸的手坐在床边哭，小叔低着头陪在一旁，捂着脸抹眼泪。你没看到爷爷，正四处张望找他时，突然听到那女人大声喊、尖声骂。你吓坏了，愣了一下就要哭。小叔过来搂着你，狠狠地回骂她。你看着爸爸，不明白他为什么不起来。小叔哭了，你也想哭，可你不敢。你怕那女人，之前你一哭她就骂你打你。你终于忍住眼泪，她却过来打小叔。奶奶去拉，被她推了一把，跌坐在地上。你还是哭了。爸爸，爸爸，你快起来，快起来呀……

“娟儿？”

陈绣芳轻声唤你，又悄悄伸手拉你袖口。

你一怔，看清眼前是张启能的遗容。你跟着陈绣芳退后两步，和他们站成一排，三鞠躬，张凝瑗鞠躬谢礼。管理员进来说，灵车到了，可以上路。

遗体挪上推车。张启能的女婿李春佑捧着遗照引路，你和张凝瑗在前面拉，张启能的二弟张启智和叶楚潭在后面推，将遗体一路送上灵车。几个亲属在围墙边的空旷处烧了一小盆纸钱，充作逝者在阴间的路资。

一切安置妥当，车队即刻出发，灵车在前，家属的车居中，帅门的车殿后。车队先绕行天安门，随后上西二环，再走莲花池快速去八宝山。

刚上路，王浩和陈绣芳就吵了起来，导火索是许慧在群里的留言。许慧说一早上不太舒服，要晚一会儿出发。陈绣芳和她私聊，

3B

才知道她的精神衰弱又发作了。王浩知道后，随口说了句“生个孩子至于嘛”，引来陈绣芳新一轮攻势。

你早听说过，许慧因为生孩子落下病根。她博士毕业时签下京内一所师范大学，答辩前就怀上孕，入职不久生下女儿。她之所以这么赶，一方面是因为入学前工作过两年，毕业时年已三十，怕再拖下去不容易怀上，导致婚变，另一方面是希望孩子能上师范大学的附属学校，哪怕师大给的是压力极大的六年非升即走岗，她也接受。她拼得狠，付出的代价也高。由于精神压力大、身体负担重，她在办公室早产，流了一地血。幸好学校对面有个解放军三甲医院，抢救一番后又把婴儿及时转入 NICU，母女才得以平安。那之后，她先患上产后抑郁，继而精神衰弱，每次发作都痛不欲生。你不难猜到，许慧和你一样，在学术事业上仰赖张启能的提携。如今靠山不再，她肯定是受不了打击才病倒的。

王浩在生育问题上说不过陈绣芳，干脆闷声装死。陈绣芳转而拉着你聊，问你如何打算。你很清楚许慧的事，也很清楚你的学术生涯遇到危机，但婆家的钱不好拿，何况你对那次流产依然心存隐忧。你只能说，还在考虑，暂时不确定。

陈绣芳又问叶楚潭，关美玲有动静没？叶楚潭口气轻松，说正在备孕，等自己过了第一年试用期就造人。你瞥了他一眼，这次换他避开了。

王浩这时插话：“我一直觉得奇怪，许慧干吗不让她老公换个好点的学区房，非要靠自己进师大上附属学校？她婆家也有两套房吧？把她老公名下那套和婆家不常住的卖了，换海淀学区房不就完了。”

“你个单身公就不懂了吧。”陈绣芳戗道，“婚后换房就不算婚前财产了，算共有，懂了没？她婆家可把房子看得紧呢！再说，就今年，学区房价钱一下就涨上去了，也换不起啊。她婆家毕竟不是什么有钱人。”

“北京三套房还不算有钱？大不了换房后还算她老公婚内财产呗。《婚姻法》里不是有规定吗？我们公司里好几个做了婚内协议的，两边签字就生效，不放心再做个公证。”

“你以为这是钱的事吗？小慧本来就比她老公大，当年为了嫁进去多能忍啊，她不也是为了在婆家争口气嘛！师大那些附属校，你不是子弟不靠关系，光有钱能进？小慧的意思就是，她不靠婆家，凭自己也能行，不让人家看扁，懂不？”

“这不就是死要面子活受罪？”

两人就这样重新搭上火，又吵起来。

你不想介入，再次转头看向车窗外。争吵这些有什么意义？家家有本难念的经。何况师门里这几年留京结婚的人都选择了面包而非爱情。所谓婚姻，不过就是算计而已。

许慧当年硕士毕业后，以非京籍贯非在京高校的双非应届生身份入京工作，但最终没解决户口。她不甘京漂，便辞职读博，一来有机会落户，二来提高相亲身价。她比老公大两岁，认识后主动倒追，用尽手段，击退好几个竞争者才穿上婚纱。不过她在婆家地位算不得高，因为婆婆看不上外地媳妇，一直暗中防范，因此她总有危机感。

至于陈绣芳，她老公是 IT 大企业程序员，外地人，没户口，但收入挺高。如果她只考虑感情，当初就该选王浩，何况王浩现在经济实力不比她老公差。但就当时而言，一个现货，一个期货，显然还是选前者落袋为安更好。陈绣芳因此和王浩情断意绝，从此争吵不休。

叶楚潭和许慧相仿，也找了北京土著结婚。不过和陈绣芳、许慧喜欢念叨家事不同，他很少分享自己的婚后生活。如果有人问，他就摆出一切尽在掌握的神态。你一直怀疑他在粉饰太平，毕竟上门女婿不好当，尽管他自己从不承认这一点。

你的婚姻是最差的，既谈不上感情，也谈不上面包，只是一个甩不掉的人生阴影。相比之下，韩沛和陈妍可谓天作之合，让你彻底明白了自己的身份。你有时会懊悔，自己为什么没有练出许慧的手段？她当年也和前男友同居，不仅分得干干净净不留隐患，也没影响之后更上一层楼。

命运就是这么琢磨不透，所谓人算不如天算，不管你服不服气。

车队经过复兴门时，你的手机频繁振动，师门群里消息刷个不停。在八宝山集合的师门弟子只剩韩沛未到，他说刚出西站上地铁，还要一刻钟。王浩抱怨说，他本来还想拉韩沛晚上喝酒，结果韩沛中午就要回去，他白订包间了。

“韩师兄中午就走？这么急。”你马上追问。

“是啊，他老婆订了中午的机票，完事就走，可能连聚餐都赶不上。”王浩解释。

你应了一声，低头滑开手机，看着韩沛的聊天框。今年你们只联系了三次。第一次，你和王孝承在春节前登记结婚，他给你发了188.66元的红包。第二次，在你的博士论文盲审前，你向他请教一个拿不准的学术观点。第三次，他祝贺你答辩通过，顺便打听全面创新发展研究院的情况。

多么令人黯然的纯业务关系。自从他和陈妍牵手后，就把自己的手机、邮箱和通信软件密码都给了陈妍，以便她随时查岗。当时大家都笑他还没结婚就成了妻管严，他却说，君子坦荡荡，何况是对未婚妻。你不得不退缩避嫌，不光在办公室里和他少说话，更不再留什么文字消息。他毕业后，你再也无法和他面对面交谈，也不知发去的消息是否会先入陈妍法眼，只好长期静默。这次他只身来京，陈妍鞭长莫及，你怎能不找他叙叙旧情，给他留个难忘的好印象？虽然葬礼上不宜浓妆艳抹，但你还是在脸上打了粉底，带上化妆包，打算见机行事。

车队驶过八宝山地铁站，你一直看向路边，期待能瞅见韩沛。你果然看到了他。韩沛一身黑衣，骑着共享单车。车窗落下，你们叫喊着向他打招呼，他摆摆手，示意你们跟着车队先走。你回头望他，感觉他瘦了，正想多看两眼，车窗却升了起来。

前面就是八宝山殡仪馆。大门旁有两个男生正冲你们挥手，你认出是还没毕业的博士生张锐和硕士生魏昭。趁排队进场的工夫，你赶忙招呼两人去接韩沛。

停车场里，你们遇到迎上来的师门众人。大师兄李健、大师姐方婷婷作为代表慰问家属，继而商议葬礼事宜。由于不少花圈已经送来，很多亲友和学生正在赶来的路上，灵堂也布置好了，很难退掉，所以遗体告别仪式还是照办。

家属坐上灵车前往殡仪馆主楼，大伙就地散开。你原本打算留在停车场等韩沛，陈绣芳却拉你去卫生间，你便陪着她走向广场东侧。

“唉，真没办法，生完孩子就老想跑厕所。”陈绣芳拉过你的胳膊，隔着大衣捏了捏，“你还挺瘦，我胳膊都老粗了。”

“师姐你身材还是挺不错的，生完了都没走样。”

“别提了，一身毛病，生娃老十年呢。对了，娟儿，我问你一下啊……”

“嗯？”

“张老师去世之前，是不是在忙社科基金的事？”

“是啊，那几天他确实在准备材料，学校应该是11月预审。”

“那张老师问过你没有？你参加吗？”

“倒是问过，他说要是我今年不在单位申请，不如先参加他的重点项目，起点能高不少，不过还没最后说定。”

“本来张老师也问我了，但是我们那个主任也要申，要求我们必须跟着打工。我还怕万一参加了张老师的，单位给我小鞋穿。结果现在……”

“我们室主任去年有基金了，还有横向，不怎么管我，说我刚去，先适应下工作，明年再说。”

“那你今年怎么办？自己报的话，助研最多也就申一般项目吧？还不一定能批。张老师毕竟是二级教授，咱比不了啊。”

“唉，是啊，申青年项目可能好点，但评职称权重又不够……”

“你们那边也算那些评分是吧？要是你的研究方向跟我差不多的话，回头咱俩互相挂名水绩效吧！”

“那肯定的，谢谢师姐！”

你们边聊边走，不一会儿到了卫生间。陈绣芳进了女厕，你留在公共前厅对镜补妆。

你看着镜子里的脸，成熟了，也憔悴了，更染上些许少妇神态，不复当年的青春朝气。几年了？一切竟过得那么快。你从宿舍搬出去和王孝承同居，不就是前天？你流产后一个人躺在公园长椅上哭，不就是昨天？你和王孝承复合后，他又到学校来找你，不就在眼前？办公室里，大家都不敢吱声，只有陈绣芳私下劝你再好好想想，别着急结婚。你还记得韩沛当时看你的眼神，像看不清，又像看不懂，那么陌生，对，就和镜子里的一样……

“师兄！”你惊叫一声，猛地转过身，眉笔啪的一声掉在地上。

“我还观察了一会儿，想着不会这么巧吧。”韩沛俯身捡起眉笔，递给你，“两年没见，有点不敢认了。”

“补了点妆，吓到师兄了。”你低下头，轻轻笑着，捋起发梢。

“哪里的话。”韩沛走到池边洗手，“不过你确实适合淡妆。之前看你老家婚宴上的照片，那个就有点夸张了。”

“唉，是啊，化妆师瞎弄的，小地方嘛……”

“我去方便一下，你忙着。”

你目送他进了男厕。

还要多久呢？两分钟？一分半？他不会一分钟就出来吧？你

要赶快化完妆，还要尽量出彩，挽回上次给他留下的印象。你匆忙描完眉，在化妆包中手忙脚乱地翻找，眼前忽一亮：一支唇蜜。你抽出细管，拧开盖，用刷头在嘴唇上抹了两下，再紧紧一抿。镜子里，你的双唇立刻泛出一层微亮的水光。

韩沛出来了。你转过身，挺起胸。

“师兄，我还行吗？”

“化完妆了？真够快的。”

“行吗？”

“不错。”

“嫂子好吗？”

“挺好的。”

“师兄瘦了。”

“是吗？可能有点。”

你想再说两句，陈绣芳出来了，喊道：“嘿！师弟到了。嚯，娟儿，你这捯饬得还行啊。”

“我还是觉得太素不合适……”

“没事，我不是也抹了点嘛。说到底啊，还是做给活人看的。你不化妆，人家说你不重视，弄过头了，又说你不尊重。做女人就这么难。”

你点点头，看着他俩边洗手边聊起来。

“师弟，你不洗洗脸？瞅你那风尘仆仆的一脸黑，忘了北京多大灰了？”

“还真是。”韩沛抹了把脸，“对了，许慧是咋回事啊，来不了？”

“别提了，生娃后遗症又犯了。”

“唉，要命。师姐家宝儿怎么样？闹腾不？”

“可烦死人了。刚会说点话，一睁眼就唠叨个不停，一多半都听不懂。哎，你家啥时候有动静啊？”

“再等等吧。她说还想多干几年，等我妈退休了再生。”

“嘿哟，她家那么大产业，金牌月嫂、保姆什么的多雇几个，不就行了？你妈一大教授、副院长，给她干这个？我可跟你说，陈妍本来气场就强，你不能老被她牵着走，要不将来是你受气。”

“她倒没那个想法。她是说，将来让我妈当监工，盯着保姆干活。最近保姆虐待孩子的新闻挺多，我们都不太放心把孩子完全给保姆管。”

“那还差不多。”

你见他们洗完手，递上纸巾。韩沛笑着问你：“师妹咋样？现在也稳定了，早点生呗。”

被他一问，你先前的烦恼又涌了上来。评职称的压力、欠婆家的债和生育保证，还有你一直不愿意面对的难言之隐。不过，面对韩沛，你对王孝承的怨恨压倒一切。

“我还是先评职称吧。”你回答。

“就是，咱知识女性又不是母猪，像大师姐就不生孩子，做对了！”

陈绣芳擦完手，挽上你，三人说笑着返回停车场。你和大伙又聊了一会儿，注意到韩沛脱了队，独自踱到停车场北侧，望向殡仪馆主楼。

你借口去车里拿矿泉水，坐到副驾，透过车窗看向他。你知道他大概又在琢磨事了，这是他一直以来的习惯，喜欢盯着大型建筑思考问题。你瞄眼后视镜，见没人过来，意识到这是和他独处的好机会，便下了车，装作漫不经心地走到他身旁。

“师兄……”

“嗯？”

“你看啥呢？”

“人生最后一站，就是这个样子。”韩沛看着殡仪馆主楼上的歇山顶，感慨道。

“有时候我会想，可能哪天自己也像张老师这样，突然就死了。”你轻声回应。

“张老师的事是挺让人遗憾的，不过你也不用太悲观。人生嘛，虽然旦夕祸福，但这毕竟是小概率事件。”

“师兄怕死吗？”

“唉，真要说的话，有点吧。”

“为什么怕？”

“嗯……怕想做的事情没做完。如果将来有孩子了，也怕孩子受影响吧。”

“不担心嫂子？”

“哎呀，也不是不担心，不过……反正人都没了，也管不了那么多，是吧？你很怕吗？”

“我也不知道。好像活着也不知道为什么，也许只是单纯怕死而已。”

“就是因为怕死才活着吧？又有谁不怕呢？瞅瞅这地方……”

“记得有个诗人，临死前说了一句很有名的话，只有三个字。”

“哦？”

“他说：我爱过。”

“听起来，似乎是个悲剧啊……”韩沛回过头，意味深长地评论道，“大概爱人不在身边，甚至已经失恋了。要不，应该说另外三个字的，对吧？”

哪三个字？他会对你说那三个字吗？你胸口一紧，呼吸也急促起来，血流直冲上头顶，嗡嗡作响，只能勉强应道：“嗯……是啊……”

3B

“师妹，你没事吧？看你脸色不好。”

“没事，师兄，没事……起早了点，刚才风一吹，头有点晕。”

“要不你回车里歇会儿吧。我昨天八点多上火车，没多久就睡了，比你们还是轻松点。”韩沛说着伸了下腰。

“师兄中午就回去？”

“是啊，一会儿公司的车来这边接我。其实门口就是地铁，奈何她不放心。”

“嫂子也是关心师兄，怕你跑丢了。”

“哈哈，虽然两年没来了，但不至于丢吧。她觉得我还像小时候那样，什么都要人管着。”韩沛说着笑起来。

不经意间，陈绣芳走过来：“嘿哟，你们俩聊啥呢？还跑这么远。”

“看殡仪馆大楼呢，人生最后一站了。”你忙解释。

“一会儿咱们就进去了，里面且看呢。师弟，你真的中午就走啊？”陈绣芳问。

“嗯，公司一会儿派车过来。等送走张老师，我就去机场。”

“我们刚才还说呢，好不容易这么多人聚在一起，中午吃个饭吧。你也是，这么忙忙叨叨的。要是昨天坐飞机来，晚上就能聚啊，你看人家吴友立。你可好，非要通宵卧铺过来，睡得多难受啊。陈妍这会儿就不心疼你了？”

“师姐，真不是。昨天下午确实有点事，不好赶飞机……”

“行了行了，不就是不放心你一个人住店过夜呗，都懂！”陈绣芳笑了起来。

你跟着笑了两声，心里却郁闷。是啊，越是优秀，越被看得紧。你想到王孝承，既不上进，也没出息，还要老婆养，真是要啥没啥，怕是白送也没人要。你又看向韩沛，他面露尴尬，还想解释，但陈绣芳挥挥手，继续说了下去。

“得了，你们两口子怎么过招我不管，但是刚才大师兄他们说了，还是想你留下来聚聚。你总不能让大师兄自己来请你吧。”陈绣芳又向停车场瞟了一眼。

“是呀，师兄，难得来一趟，今天又是给张老师送行，人这么多，还是该联络下感情嘛。”你也插话帮腔，希望多留他半天。

“那我跟她说说……”

“你要不方便说，电话接通了给我，我跟她说。”

“我先发个微信，看看她起来没。”韩沛掏出手机。

“娟儿，你也学学人家怎么管老公的。”

你在旁边笑了笑，没吱声。你怎么管？要有那个手段，你到不了今天这般境地。

王浩也过来问："怎么样，说好了吗？"

"这不正打电话嘛。"陈绣芳转头接过韩沛的手机。

"弟妹，不好意思啊，这么早……哎没有没有，太客气了，真的！都自己人麻烦什么呀。对，就是聚餐这事。这次机会难得，人挺齐的，大师兄也在……对，平时真的不容易请到他……是啊，毕竟大师兄那边有纪律嘛……对，纪检现在都忙，碰一次面挺不容易，就是说……毕竟都是同门嘛，是……那多不好意思啊，添这么大麻烦……就附近的餐馆……哦……主要是大师兄那边可能也不太……对，现在聚餐都得自费，不能……就是宴请之类都比较敏感……他还得拍个照，没准报备啥的……对，确实是……没事没事，我跟大师兄转达一下弟妹的好意……好的，那没问题，肯定不会让他喝酒的。我们自己还有好几个人开车，而且大师兄在呢，肯定不敢啊……行……没问题，我们管着他……好，我让他接电话。"

陈绣芳把手机还给韩沛，对你和王浩做了个 OK 的手势。韩沛又说了几句，挂了电话。

"怎么样，搞定了吧？给你改签到下午。不过你家陈妍也够可以的，让你坐火车七上八下地颠过来，公务舱归心似箭地飞回去。"陈绣芳说。

"搞定了就过去吧，一会儿要拍集体照了。"王浩催促道。

"现在就拍？"你问。

"大师兄说，得拍一张有地点标志物的，和谁在一起都要拍上。吃饭的时候还得再来一遍。可真够麻烦的。说是万一被查呢。"王浩念叨着。

“你可真逗！咱们这次这么大的事，本来就该多留几张照片。再说了，人家单位查不查是一回事，自己准不准备是另一回事。都跟你似的，整天在外头鬼混，无组织无纪律？”陈绣芳戗道。

“他们过来了吧？”韩沛望向停车场。

“还真是！”陈绣芳回头看了一眼。

停车场里，李健和方婷婷陪在张凝瑗夫妇身边，带着师门众人向广场走来。

你们四人和大部队会合后，便一起前往不远处的大花坛。一行人借着花坛矮墙作阶梯，排好位置拍照。

前排正中是张凝瑗夫妇。李春佑外侧为开山弟子李健（硕士），其次是关门男弟子叶楚潭（博士）。你作为关门女弟子在张凝瑗外侧，身旁是大师姐方婷婷（硕士）。

后排的人都站在花坛石台上。居中为陈绣芳（博士）、韩沛（博士）和博士生张锐，其余硕士两侧排开，包括钱一帆、王浩、张晓晨、吴友立，两翼最外侧分别是在读硕士生尤小莉、魏昭。

合影后，张凝瑗夫妇进殡仪馆布置灵堂。师门一行人除了大师兄跟进去帮忙外，其他人都在主楼外的回廊中等候，不一会儿便三两成群地闲聊起来。

陈绣芳和王浩还是边聊边拌嘴，你不打算加入战场，听了几句后，就装作不经意地走到韩沛旁边。他正和吴友立商量离京行程，打算让公司的车先送吴友立去南站，随后再送自己去机场。你插不上话，又不想让人觉察到自己黏着韩沛，便轻轻走开，去找正在谈话的叶楚潭和张锐。你过去搭话，得知张锐在向叶楚潭打探转导师的事。张锐本科学计算机，在张启能指导下研究大数据和人工智能战略。这是个很新的方向，很有前途，张锐不打算放弃。系里的副教授杜立业和张启能关系不错，叶楚潭和他也很熟，所以张锐想请叶楚潭帮忙说情，在保持原方向的前提下转过去。叶楚潭刚打完电话，得知杜立业一会儿就来吊唁，决定借机引荐张锐。

你和他们聊了一会儿，感觉叶楚潭对你爱答不理，便安慰张锐几句，再去找张晓晨和方婷婷。她俩正在讨论“优质单身男性资源”——张晓晨毕业后一直漂着，急于通过嫁人扎根京城。钱一帆和两个在读硕士也加入她们，你们很快就聊起了情感八卦。

3B

又过了半小时，李健在微信群里招呼大家前往灵堂。除了去接杜立业的张锐，其他人一起来到灵堂门前。你和叶楚潭都是关门弟子，被安排先祭拜。你在李健和方婷婷之后，第三个进入哀乐回荡的灵堂。

张启能的遗体覆盖着党旗，陈在黄色菊花和红色康乃馨铺就的花床上。花床四周围着各色百合、菊花、康乃馨织成的花篱。灵台和花床正对着，台面上堆满了白色菊花瓣，张启能的大幅遗照立在正中。灵台两侧的挽联书：任劳任怨养家育女费尽心血，为国为民殚精竭虑奉献一生。横批：沉痛悼念亲人张启能。

灵台和花床间摆着张凝瑷献的大花圈。外层是黄白相间的菊花，中心插满白百合，挽联书：养育之恩，终生不忘。落款头一字“女”，下面并排写着“儿张凝瑷”和“婿李春佑”，以“泣挽”结尾。

大花圈两侧各有一花篮，花色和高度与花圈相仿。一书“祖孙情深，一路走好”，落款“孙李晗叩挽”。另一书“兄弟难忘，手足之情”，落款为“弟”以及“张启智、媳唐菲痛挽”。

灵堂两侧各排一列大小不一的花圈和花篮，包括菊花、百合、郁金香、康乃馨、风铃花、鸢尾花、洋兰等。除了师门集体合置的，其他花圈多由校方、学界友人及合作单位献上。有个非常别致的花圈单独摆在入口，挽联落款是已退休的宋部长。灵堂角落处还有一只插满了蓝白玫瑰却无挽联的小花篮，是匿名者托花店送来的。

你绕逝者一周，瞻仰遗容，三鞠躬告别，默默走出灵堂，刚和叶楚潭错身而过，就被方婷婷喊住了。

“丽娟，你没事吧？看你脸色不好，去车里躺会儿吧。”

“没事，就有点晕。”

“不会是低血糖吧？”

“出来前吃了些东西，应该不会。可能姨妈快来了……”

“那你可要注意啊，现在天气凉……干脆咱俩一起去躺着吧，我也腿酸得不行。这陆陆续续来人，还得好半天呢。我找他们拿钥匙去。你是坐钱师弟车来的吧？”

“嗯，是他的车。”

方婷婷找钱一帆拿了车钥匙，和你下楼，陈绣芳也跟了上来。你们一路聊到停车场，迎面碰上张锐和杜立业。寒暄后，你找到钱一帆的车，三人一起坐进去。你在后排躺下，她俩分坐前排。

你不知道自己睡了多久，感到腿上有人轻轻拍打，便恍惚应了一声，睁开眼半靠起身，看到是陈绣芳。

“娟儿，怎么脸色越睡越差呀？马上就要火化了，你先起来缓缓，一会儿再走。”

你坐正身子，发现驾驶座空了，问道：“方师姐过去了？”

“刚接许慧去了。你再躺会儿，咱们一起过去。”

“许师姐到了？”

“她说还是得来一趟，正赶上看最后一眼。娟儿，你真的没事？看你气色很不好。”

“就是腰酸，身上有点冷，大姨妈应该就这两天来。”

“我现在倒是没这麻烦事了，但是涨奶也难受，反正横竖总得摊上一样。唉，找工作时处处挤对女人，带着孩子更是没地方愿意要，就咱体制里，请假多了人家也不高兴。说到底，一切都是咱女的扛。”

“唉，可不是。”

“走吧，他们过来了。”

你们下车，跟上送葬队伍。

焚化炉就在停车场旁边。你目睹遗体被送入炉膛，众人行礼，一切悄无声息地结束了。

不多时，张凝瑗从焚化炉后面的小房间里捧出个盖党旗的骨灰盒，两名司仪一左一右，交叠着黑伞遮在她头顶，把骨灰盒笼在阴影中。队伍再次启程，由捧着张启能遗像的李春佑引导，被盖在黑伞下的张凝瑗跟随，亲属、友人、同事簇拥在后。你和师门众人在队尾缓缓随行。

队伍抵达骨灰寄存处，张启能的亲属们进入大堂，做最后告别，其余人则陆续散去。师门中除了李健和方婷婷作为代表留下，你和其他人都向停车场方向走去。

已近十一点，大家商议后决定就近聚餐。陈绣芳在手机上订了路口拐角处一家老字号，一行人便浩浩荡荡地拥过去。

你跟在韩沛旁边，听他给张晓晨和尤小莉讲豪门风云故事，有些是他家的，有些是他亲友的或听说的。你听着他柔和的嗓音，突然冒出一种错觉，好像他说的不是别人的事，而是你和他的事。你知道这是天方夜谭，毕竟你没有进入那种故事的资格，但你还是禁不住幻想，你和他之间原本可能发生什么样的故事。

叶楚潭在你身后不远处，正向张锐和魏昭传授相亲经验，声音蛮大，似乎是故意让你听见："……女人长得漂亮没用，关上灯都一样，还得找个自身条件好的，家里能帮上忙的……"你当然明白他的言外之意。有些故事的确因你而起，但最终只余误解和遗憾。

三个人，三种命运，在风吹水流中交集，又必然走向殊途。

你们再也回不去了。

4
AB

4^A

2024/2/9
除夕
20:05

现在想来，程丽娟也许当时就有离婚的念头了。韩师兄结婚两年多，她自己也和王孝承结婚大半年，可葬礼上，她总找机会跟在师兄后面。作为一个有夫之妇，黏人家有妇之夫，显然不检点。当然，我自己也未必好到哪儿去，大约也没资格说她。

这世上，有情人终向现实低头才是常态。程丽娟最后还是从了王孝承，而我则选了关美玲。在这个历史问题上，的确是我错过了程丽娟。当年王孝承来北京纠缠她，如果我能鼓起勇气横刀夺爱，哪怕假装演场戏，只要能帮她摆脱那家伙，她如今的命运也许就大为不同。从后来她离婚的经过看，我俩之前的确太低估师门的能量。既然离婚时都能把王家镇住，那分手就更简单了。何况当时张老师还在世，如果连我都被卷入，就涉及了他两个学生，他或许不得不干预，那就更稳了。可悲的是，我当时没有英雄救美的勇气，甚至没有谋划全局的脑力，只会被事态发展牵着走。

张老师那次葬礼至今已过八年，距系里大垮台大换血也过了五六年。系里改头换面后，成了只能坐而论道瓜分经费的庸俗之地。张老师身后，除了我们这些学生和几本专著，确实没留下更多的东西。如今，同门间也很少再聚，就算是留京这些人平时也都各忙各的，疫情三年里更是没搞过一次聚餐。谁能想到，葬礼那次就是人最齐的时候——后面这些年，实在是物是人非。

陈师姐老公在特朗普发动对华贸易战的第二年被裁员，过了三十五岁，找不到工作，房贷差点接不上，后来进了张师妹老公的信息安全公司才稳定下来，不过收入也少了近一半。王师兄赶上2021 年教培行业大地震，好不容易拿到手的公司股权跌得一塌糊涂，“自愿”离职，回老家拉了几个亲戚，一起做直播带货了。方师姐一直在大学里干行政，原本打算赶在四十岁前冲上处长职位，最后反而先要了孩子，因为某次回婆家过年时，她老公的侄子居然说北京叔叔的家产迟早是自己的，她这才意识到丁克容易被人觊觎，干得再好也是为别人作嫁衣，早晚被吃绝户。许师姐终于熬过了六年，评上副教授留校，孩子也顺利进入师大附小，不过她身体大不如前，人看起来老了十多岁。

大师兄升职后几乎没人见过他，大家说如果今年能聚，还是争取请他来。钱师兄依旧是老样子，忙得紧，常加班。去年开会碰面时见他瘦了，说是阳过之后身体大不如前。张锐后来转入杜老师门下，2019 年毕业，回老家的省重点大学任职，拿了三十万安家费和五十万房票，去年评上副教授，也算不错。他频繁相亲，也谈过几个，可始终没结婚，说是彩礼高，亏不起，宁缺毋滥。不过我隐约觉得他可能被王师兄带花了，还没玩够，只想恋爱不想负责。

吴友立从老家大学的行政岗转做校刊编辑，基本无望再升，好在工作较闲，旱涝保收。这对我们而言倒是利好，投论文有个保底去处了。

尤小莉毕业后回老家，先在乡镇事业编上干了两年，之后调回市里，再转科技局公务员，找了个同是公务员的老公。当年她就说过，自己的舅舅在老家当镇长，打算回去投靠，果不其然。魏昭毕业后去美国读博，选了科技史方向，主攻半导体技术发展史，结果被“猎巫”，怀疑成间谍，退学回国，刚好躲开海外疫情暴发。他只有硕士文凭，难找工作，最后考了教师资格证，回老家中学做代课老师了，去年终于社招转正。

相比之下，韩师兄可谓顺风顺水。他调回北京后第三年，母亲评上院士，自己也很快评上正教授，是师门里目前唯一有正高职称的。陈妍生完二胎后，保留家族公司股份，去一家著名咨询公司任高管，专做科技类咨询业务。

在众多同门尤其是博士中，我只能算马马虎虎，按部就班不快不慢地评上副研究员，没有太丢张老师的脸。不过，在某种程度上来说，我也基本到头了。毕竟大社科系统依然是衙门作风，熬资历分派别讲背景，通常不到室主任这一级，是拿不到正研职称的，同事之间经常为此争得头破血流。我天生不爱当官，也没钻营的本事和本钱，还是就此打住为好，毕竟再往上就是真正的角斗场，何况最近所里的风波已经让我的日子不太好过。

人生大抵如此。在校园同窗时，似乎大家都有着无限可能，然而一旦毕业，社会就像一台巨大的离心机，在天旋地转中把人无情而彻底地划为三六九等，多半被甩回原阶层。我又想起那句在网上广为流传的“名言”——张华考上了北京大学，李萍进了中等技术学校，我在百货公司当销售员：我们都有光明的前途。

这个烙刻着历史印记的词典例句，如今已经成为年青一代的新魔幻现实主义。

“想啥呢？在那儿发呆，问你话也不吱声。”美玲拍了下我。

“不喜欢看歌舞，都快睡着了。”

“热热闹闹的才叫过年吧。如今也不让放炮仗了，总得听点响。”

美玲盘腿坐在沙发上大嚼水果，一手一部手机，在各种群里抢红包。我也掏出手机，百无聊赖地刷起新闻和视频。没一会儿，手机屏上显示来电，是研究室的陶主任。我给美玲看了眼来电显示，起身到厨房，掩上门接听。

我先向陶主任拜年，然后搬出些应付领导的场面话。陶主任和我客套两句后，便询问我过年期间的安排，问有没有出京计划。我说返所之前都不出京，他就交代我初七那天代表所里去开会，电话里不方便说具体内容，会马上给我发邮件。这种事自然是拒绝不得，我立刻应承下来。

回客厅后，我向美玲交代一声，穿过主卧去阳台。这里是我的专属书房，冬冷夏热，可以强迫自己抓紧时间把活儿干完。我披上冲锋衣，打开笔记本电脑，登录单位邮箱，看到陶主任刚转发的邮件。从内容上看，是个务虚性质的空间科技战略研讨会。这种会通常名头很大、调子很高，但没什么干货，基本上就是从几家战略智库、政研单位和知名大学找些代表，碰个头照个面，完成每年要开若干次学术会议的工作计划。真正要紧的事项是不会上这种务虚会的，通常开内部小会甚至是领导单独布置，就像以前宋部长找张老师那样。

邮件最后，陶主任留言道，和所领导请示后，建议我讲美国民用空间技术和相关政策，主要是马斯克的 SpaceX 及其在美国太空战略中的作用。我想，这分明是命题作文，没什么选择余地，也不用过度发挥，中规中矩地写个一刻钟的发言稿，应付下就行了。

我对马斯克这几年的成功毫不意外。一方面，当然因为我原本是学物理的，知道火箭这东西早就不神秘了，没那么金贵，马斯克也是学物理的，早年经历不凡，想做的都搞成了，专业人干专业事，又有 NASA 在背后支持，搞起来并不困难。另一方面，程丽娟当年给我详细讲过 SpaceX 的模式和前景，让我很早就对此有深入了解。她在挂职期间完成了那篇关于美国民用空间技术和战略前景的论文，让我提了些意见，送了我二作署名。在文章里，她分析预测了马斯克短期能干成什么，中长期能完成什么，哪些属于远景宣传。她的几个关键结论如今都说中了。我曾看过一份过往内参选编，发现她离京挂职前就写了篇内参，详细分析了 SpaceX 对全球空间战略态势的影响和潜在军事用途，一些预判在这两年的俄乌冲突中得到了印证。

我抄起窗台上泡了各种药材的白酒，倒上一小杯，浅浅抿了一口。SpaceX，这个名词不仅印证了程丽娟的睿智，也见证了我和她的最后一次亲密接触。

那是张老师葬礼后的第二天，在一个太空战略研讨会上，我进场后第一眼就看到了她。她也看到了我，对我点点头，我敷衍回应后，坐到摆着单位名签的座席，没去找她。前一天见到韩师兄时她还像丢了魂，隔一晚又主动向我示好，我心里别扭。茶歇时，我看她四处交换名片，走起路来似乎有点瘸，就过去询问。她没正面回答，却问我怎么来的，打算怎么回去。我说坐地铁来，自然还是坐地铁走，能白赚一笔交通费。她说自己扭了脚，只能打车回去，干脆带上我，路上顺便聊聊学术，从会议发言里找些选题。我想既然她身体不适，再拒绝不太好，便答应了。谁知道一出门，她就靠紧我诉苦，说又被王孝承家暴了。

我以前就听她说过，王孝承为了压服她，没少动手动脚，名曰“调教”。不过没想到结婚都半年多了，她反而被打得更厉害。我劝她验伤报警，她苦涩地一笑，摇了摇头。那一瞬间，我心里突然生出一种负罪感——她和王孝承复合，导致婚后不幸，这里面也有我的责任。

她在车上睡了一路，我一直搂着她。快到交道口时她醒了，悄悄和我说，睡着的时候血崩了，走不动路，让我再陪她一会儿。我搀着她下车，去便利店买卫生用品，等她换好，又在蛋糕店请她吃了份套餐。她完全不介意我在她的日常生活圈亮相，说王孝承这个人相当宅，很少出门，就算约了狐朋狗友也不会在家门口这些小店。她说完，探出舌尖舔着嘴唇上的奶油，狡黠地瞄我一眼，像是自言自语地念叨：“反正我不怕。”

有那么一刻，我恍惚觉得自己才是她的丈夫，真想扑上去衔住她的双唇。不知她当时有没有类似的感受，我从来没问过她，可能永远没有机会再问了。

我仰头，一口闷干了酒。

唉，我多希望那一刻你我心有灵犀。

4[B]

2016/10/30

周日

15:20

葬礼后聚完餐，你仍搭钱一帆的顺风车回家。才进门，就听到卧室里传来隆隆炮声。不出所料，王孝承果然还在玩游戏。你在门厅换好起居服，走进卧室，看到他正盘腿坐在床上，一脸傻笑地盯着折叠桌上的笔记本电脑屏幕，鼠标按个不停。他就是这样的人，连玩游戏都懒得下床。

“中午吃了吧？”你问。

“废话，看不见桌上那样吗？”他敷衍一句，依旧盯着屏幕。

“晚上想吃什么？”

“随便吧。”

你三两下收拾好饭桌上的外卖餐盒，坐在床沿盯着自己的男人。他完全沉浸在游戏世界中，正操作一艘战舰和对手打得有来有回。你悔恨自己当初就不应该和他开始，更不该嫁给他。

你有时也会怀疑，自己是否要得太多了？也许就不该考研。和王孝承回老家，做个中学老师，相夫教子，似乎也不是多么糟糕的选择。你当时怎么就想要更上一层楼呢？如今你倒是实现了当初的梦想，成了一名高级智库学者，但学术圈和机关生活却远不是你当初幻想的模样。

何况张启能已经离世，你之前的计划必须调整。你要养家，要还房贷，要评职称，要生孩子。你不禁感慨，就是哪吒碰到这种局面也要三个脑袋六个大吧？你这几天一直在反复权衡这几件大事的轻重缓急，直到今天，你终于下定决心：生孩子延后，评职称优先。毕竟发论文和绩效奖金挂钩，钱的问题和职称问题可以同时解决。至于孩子，以你和王孝承的条件只能负担一个，确实可以缓一缓，晚点生。

这显然是对你而言的最优解，但你已经向婆家做过生育保证，现在反悔，他们能同意吗？你如何交代？

你正想得出神，突然被王孝承的吼声惊醒了。

“他妈的！又死了！我这公海得梅因都扭成麻花了还能吃460爆核心？什么魔法平衡！开挂了吧？奶奶的！”

“啊？没事吧？”你凑过去问。

“没事？又让人打回港了！你刚才想啥呢？一直坐那儿发呆，瞅你几次都没反应。”

“我在想张老师的事，心里挺难受的……”

“就那人？至于吗，又不是你爹。”

你目光一闪，抿抿嘴。是，王孝承一向对张老师没好感，但张老师对你有再造之恩，堪称你精神上的父亲。难道只因为王孝承的态度，你就没资格悲伤吗？

“毕竟也跟他学了五年，他还帮了我那么多……”你低声回应。

“得了，这年头，哪天不猝死个百儿八十人？多了去了，命不好呗。”王孝承边说边开始新一局游戏。

“是啊，师母命也不好……”你想起师母也是三年前患上胰腺癌，突然走的。

“这把我开航母，炸死他们这群防空废物铁王八！你过来给我助阵！”

你凑过去，跪坐在他身旁，看他利用制空优势很快打赢了。他甚至把战绩截图发到游戏群里吹嘘，心情相当舒畅。你意识到这是个谈话的良机，轻轻挽住他的胳膊：

“单位年底报销多，我得去财务处坐班帮忙。明天我一大早就走，你别起晚了，毕竟是周一，还是去公司露个面吧。”

王孝承侧过身，拉开你的衣领，伸手探入你的胸口，边揉边说：“嗯，知道了，我定个闹钟，你再给我打个电话，不会睡过的。”

“你在公司里还是要注意下……”

“行了行了，瞧你那㞞样。王总侄子现在还在我爸手底下呢，他老家那些破事还得求我爸，他敢把我怎么样？”

“我知道，但毕竟在北京，还是将就下……”

“将就将就！你当初要是回老家，我用得着将就？老家那边我爸什么事搞不定？至于跟你来北京，住这种破房子！”

“是，你是牺牲大。再忍一两年，等单位那边房子建好就能住了，也没几天了。”

“是是，就几百天，没几天了……”

你意识到他情绪开始走偏，又赶紧哄他："上次听财务说，我年底应该也能拿点奖金，不太多，六七千还是有的。我想，咱们也快有房了，还是给你买个台式电脑吧，配个好显卡好显示器。"

"真的？"王孝承立马来了精神。

"嗯。我看前一段 Nvidia 也有新显卡了，就那个 GTX1060 吧，买那个不错。"

"你还挺懂啊，咋也关注游戏硬件了？"

"这和大数据、人工智能也有关系嘛，通用计算什么的，我们有同学研究这个。"

"哎呀，行吧，不过我想试试 A 卡，看评测 RX480 也不错。不然买 1070，一步到位，加钱总是没错的，哈哈！"

你见他心情好转，赶紧切入正题。

"还有个事，想跟你商量下……"

"说。"

"那个……我想，咱们是不是……最好……再晚两年生孩子？"

你感到正在胸口上拨弄的手停了下来。

"啥？你认真的？"

你点点头。

那只手顿时缩了回去。

王孝承深深吐出一口气，向后躺倒，歪头盯着你，咧开嘴："程丽娟同学，程丽娟博士，程丽娟大专家，你又想玩什么花样了？"

你轻抚着王孝承的腿："我就是想，张老师去世了，情况有变化，所以……"

“变化变化，怎么就你老有变化?！”王孝承猛地坐起来，瞪着你大吼，“当年本科的时候你说毕业就结婚，结果你去考研！没考上又跑去求人家，是不是？你就是为了甩开我，对不对？你到北京了，成名校研究生了，翅膀硬了是吧？你也不看看自己什么出身，也就我不嫌弃，你以为还能傍上谁呀？啊？”

“不是的，当时……”

“你别跟我编故事！就说从本科开始，谁供你吃供你穿供你过日子？你有良心吗？如今你是博士了，国家干部了，比我有面子了，看不上我了！怕生了孩子添累赘，将来不好离婚找下家了，是吧?！”

“怎么扯到离婚了，我没想过……”

“你闭嘴！你他妈原来什么都没有，屁都不是，我没嫌弃你吧？你现在怎么对我的？你奶奶死之前说没说让你跟我好好过，听我家安排？你对得起她吗？你个白眼狼，忘恩负义！我家刚给你三十万买房，说好生孩子传香火，你转眼就反悔！”

王孝承突然扑过来，掐住你双肩，边推边吼：“你对得起我吗？你他妈对得起谁啊？你说！你对得起谁？你个贱人！”

你吓坏了，使劲挣脱开，哭着说：“我没有，不是……你听我……”

“少来这套！我当年傻，你一哭就心软。现在我可看明白了，你们女的不就是一哭二闹三上吊吗？不就是欺软怕硬吗？”

“不是……不是……”你抽泣着拉住王孝承的胳膊，却被他一把甩开。

王孝承起身，瞪着你狰狞地说：“你他妈的！上午见完那帮人，回来就跟我闹，说，想干吗？我看你这次又玩什么花样！”

你趴在床边，缓了口气，断断续续地说：“我今天是……见了师兄师姐，以前我都是靠他们……还有张老师照顾，当时张老师……也是可怜我……才……给破格……”

“是是，你特别会卖惨！在我这儿卖了惨又上外头卖去！你以前还卖过多少次？啊？”

“我当时是想过……考不上就……回去当老师的，可……难得有机会，真的不想放弃，我想……我也有……上进的权利……”

“是，你有权利，你还有离婚的权利呢！是我犯贱，是我上赶着跟你来北京！是我傻！你就是读了博士看不上我！”

“孝承……你别……”

“你现在是高贵的北京人了，身边都是博士教授了！老子一个外地二本打工的配不上你了！是，是！我懂，我可太他妈懂了！”

“老公，你别这样……”

“你还知道我是你老公？呸！你说，到底要干吗？今天不交代清楚，咱俩没完！”

你抹下鼻子，抽了两口气，镇定下来：“张老师去世前在申请项目，国家社科基金重点课题，级别很高的，本来打算带上我。现在我只能自己申请一般项目或是青年项目，对评职称影响很大。这两年单位的职称好评，以后招人多，就难了。我想努力干两三年，先把职称评上，到时候单位的房子也建好了，生孩子安稳……”

“要是到时候没评上，你接着拖，是吧？”

“万一这样的话，我就不评职称了，好好生孩子带孩子，真的！”你坐起来，看看王孝承，擦着眼泪，“要是三十岁还评不上副研，我一定生孩子，绝不会再变了。真的，肯定生……生两个都行！”

“等到三十岁？你知道过了三十岁生孩子，畸形儿的风险多大吗？到时候你又要扯借口不生吧？你当我傻！生孩子跟评职称有关系吗？你又不是那个什么……哦，非升即走。你有编制，铁饭碗，熬年头混资历不就完了？你以为我不懂体制内这一套？对，我刚想起来，你那个师姐不就是五年还是六年评不上就走人吗？人家不是一样生孩子？”

“许师姐生孩子时，张老师还在啊，带她上了个大课题。我们这种科研岗是看研究成果的，不是到点下班、干几年就提拔那种，没那么……”

“瞎扯！你以前老说，你那几个师姐都是一边工作一边生孩子，什么都没落下。”

“那是张老师带着她们，而且她们都挺不容易的……”

王孝承叉起腰，讪笑着：“程丽娟，你扯起谎来一套套的，真是没白念书。你以前是这么说的吗？你以前说的是，那些师姐进体制后就踏实了，编制、户口、退休养老全有了，孩子也能上单位对口共建校，是这么说的吧？你说你也要学她们，是不是？说得天花乱坠的，画大饼画得没边了，忽悠我养你读博！现在呢？就死一个老师，天塌了还是地陷了？你进体制了，谁还能把你怎么样，你糊弄鬼呢？”

“我是想着评上就安心了，孩子的起点也高一些，没想到张老师这么快就……我也不想啊……”你又哭了起来。

王孝承哼一声，不依不饶地吼道：“继续编，编啊！我看你还能编出什么花来！就一臭教书的，死了地球就不转了？哎哟哟，以前听你吹那人多厉害，结果屁名没有。他是大V吗？上过电视吗？有多少粉丝？什么都没有吧？你看看人家真正的专家啥样，电视上网络上那个影响力，他有吗？你就吹吧！”

“张老师不是那种人，真的，他很低调的，不搞那些。我师兄在部里，人家看他是张老师的学生，都给面子，连部长都知道张老师的水平。张老师有很多课题都是保密的，还有内参拿奖，外面哪知道……”

“对，没人知道，你就瞎编，骗我玩呗！”

你还想解释，王孝承却瞪起眼睛，手一指，压住你的话头继续骂道：“你房子到手了，又反悔不想生孩子，就找个借口呗！刚好赶上人家死了，编得天衣无缝了是吧？哪次不是这样？我算看透你了！告诉你，当年来北京差点让你跑了，现在领了证，你跑不掉，少做白日梦！”

“真的不是，我没说不生，就是……”你一眼瞟到屏幕上的游戏画面，脑子里顿时闪过个念头，赶紧打比方，“张老师就像玩游戏的那些大V，只在圈子里出名，出了圈子，一样没人认识，对吧？我刚毕业进单位，就和刚出新手村一样，没大V带着，自己开荒太难，升级打不动，是这么说的吧？搞科研，申请课题、评职称就跟玩游戏做任务一样，我现在没人带了，后面全要靠自己。”

你的话产生了效果。王孝承闭了嘴，歪着脑袋，拧起眉毛，一副正在理解这套比喻的模样。

“单位才建起来，新招的人不多，前面也没几个助研，我努努力赶紧评上，后面就踏实了，干什么都……”

王孝承突然打断你：“你都没大腿抱了，还开什么荒？反正有铁饭碗，先把孩子生了怎么不行？”

你愣住了。

他一只脚猛地踩上床，盯着你逼问：“你就说，到底生不生?！”

“我没说不生，不过……”

“他妈的！你今天就得生！”

他一把推倒你，揪住你裤子就往下扒。

“你干吗？不行……我大姨妈快来了……”你抓住王孝承的手，哀求着。

“又他妈骗人！我说行就行！你反了不成？老子今天就让你服气！”

王孝承把你的家居裤拉到膝盖，又去扯内裤。你挣扎着，踹得他身子一歪，松了手。你趁机跳起来，蹿到置物架旁，掏出个白橙相间的小纸盒，抽出药片板，抠出两颗直直吞下。

“你干吗？你吃的什么？”

王孝承骂骂咧咧地挣起来，夺过纸盒撇开，随即狠狠抡出一拳。你感到脖子上结结实实地挨了一下，耳边咚的一声响，眼前一片金星乱闪，胸口也抽紧得喘不上气，腿一软，瘫坐在圆凳上。

“哪儿来的避孕药？不是让你都扔了吗？你他妈还敢藏！”王孝承把纸盒捏成一团，砸到你头上，“你他妈就是故意的，早算计好不生孩子！还敢吃？给老子吐出来……张嘴！”

他又扇你几巴掌，揪住你的头发，伸手往你嘴里掏，不料手指被你的犬牙划开一道口子。

“你他妈还敢咬……抽死你个臭婊子！”

“没……不是……啊！”

你被王孝承一股脑打过来的巴掌拳头击倒，蜷缩着伏在桌边，抱头大哭起来。

王孝承打了会儿，越想越气，大吼一声：“不过了！他妈的！老子不过了！”

他扯住桌边的置物架猛地一拽，架子瞬间解体，哗啦啦地塌了下来。你被隔板和杂物砸得跌坐在地，腿上又挨了两脚。

王孝承爆发完，坐在床边喘着粗气，断断续续地骂道：“贱货！臭婊子！耍老子这么多年……给你花这么多钱……连个孩子都不生……不过了！没法过……你他妈的……不过了……”

你缩在杂物堆下抽泣着，一动也不敢动。直到听见王孝承站起身走出卧室，从门厅传来防盗门巨大的撞击声，你才小心翼翼地推开隔板，从七零八落的杂物中探出身子，大哭起来。

这不是王孝承第一次家暴你，和他同居时你就发现他有暴力和虐待倾向。他不时发疯摔东西，再闹大就打你，而且总有说辞，要么是你不顺他的意了，要么是他在外面憋火了，甚至是不需要借口的发酒疯。

你哭了一会儿，忍着痛扭过身，推开压在身上的隔板和杂物，坐到床边检查伤势。

左脚腕扭伤红肿，脚背有几道正渗出血丝的划伤。右脚小趾撞破，甲缝里渗出的血染红了前脚掌。两条腿上各有几处瘀青和擦伤，胯间隐隐作痛。后背多处挫伤和擦伤，胳膊上还有几处划伤撞伤，脖子疼得几乎转不动。万幸的是，脸上没挂彩。

你从杂物堆里捡出摔裂的小药箱，清理伤口，贴好创可贴，整理了衣服，又哭起来。没过一会儿，手机响了，你打开微信，是婆婆发来的语音消息：

“你们又吵架了？有事好好说。我们不在跟前，你们要学会自己处理矛盾。快做爹妈的人了，不要总像小孩一样赌气。你是做媳妇的，就要把家管好，把男人伺候到位，注意家庭气氛，不能像一个人过日子时那样随便。他还在外面吧？现在他情绪不好，万一出事怎么办？”

每次都是这样。不管你和王孝承发生什么矛盾，婆家都把错算在你头上。闹完后，他把谱一摆，婆家再跟上敲边鼓，压你服软。这次也一样，早就是固定套路了。这不单纯是重男轻女的观念使然，也是婆家使的杀威棒，尤其在婚后，婆家的口吻越来越严厉。毕竟你今非昔比，是王家血脉跻身京城的关键，要对你严加管束。王孝承给你扣下“翅膀硬了”的帽子也如出一辙，就是找借口修理你，让你不敢生出忤逆之心。

你把语音转成文字再看一遍，发现婆婆没提生孩子的事。你不知道是王孝承没说清原委，还是婆婆已经知道却引而不发，你猜不透。不管母子俩有没有唱双簧，你已决定见招拆招，只要他们不提，你也不提。于是，你按以往低头认错的口气回了消息：

“妈，对不起。我今天参加导师的葬礼，事情有点多，没照顾好他。是我没做好，我现在就喊他回来。”

你给王孝承打电话，响了十多秒没人接。你挂了又打，却被拒听了，只好发条消息：“快回家吧，这次是我不好，我现在就做晚饭。”

王孝承马上回复语音消息：“你管我去哪儿！不用你管！”

“好，我不管。你别生我气，注意安全，有事给我打电话。”

“滚！”

你眼看喊不回王孝承，只好继续收拾散落一地的杂物。先把置物架拼好，再将物品逐件归位，清点损失。

一艘铭牌上印着“俾斯麦号战列舰”的船模严重破损，舰岛摔碎，船身开裂。一对工艺陶瓷情侣杯双双摔破。首饰盒半开着，你翻了两下，发现结婚时那个女人给的廉价珍珠项链断掉，还少了王孝承姑姑送的一对银耳环。此外还有踩碎的塑料杆圆珠笔、撒落的苏打饼干、扯破封皮的书本，等等，狼藉一地。你把能留能修的东西收好，其余的都丢进垃圾袋打包，最后把残破的船模摆到桌子上。

你坐回床边，用刚找到的风油精擦揉腿上的瘀青。清凉的气息沁入脑海，你忽然灵光一闪，意识到自己犯下了相当低级的错误。干吗要和王孝承说呢？不想生孩子，阳奉阴违就好了，偷偷吃药呗，就说工作压力太大怀不上。何况你之前做过流产，当时没养好，说不定就影响了生育，这责任自然是他的，可以拿来打掩护。你感到自己真傻，真的，明明可以简简单单地糊弄过去，你却把整个矛盾挑明了，搞复杂了。

你正懊悔自责，听到大门哗地开了，又哐的一声撞上，心里不禁一惊。只见王孝承猛地推开卧室门，满脸通红，扶着桌子晃悠过来。显然，他喝了酒。你知道这时不能招惹他，只敢小心翼翼地问他吃饭了没有。

“脱！全脱了！你他妈的，给老子脱！”王孝承吼着，晃到床边。

你瑟缩在床头，转移话题：“船摔坏了，零件都捡起来了，放在桌上……”

“老子让你脱干净！”王孝承又吼了一声，自顾自地脱起上衣。

你知道他喝醉后很快就会睡着，索性也不反抗，配合地解开衣扣，哄着他拖延时间。他褪下裤子，把你扑倒，胡乱摸索一阵却办不成事，动作很快放慢了，又骂了几句，便打起鼾来。

你推开他，坐起身，刚穿好衣服，手机又响了，果然是婆婆来探问她宝贝儿子的消息。你给王孝承盖上被子，拍了张照片发过去，说了他醉酒的事。不一会儿，婆婆又发来几条语音消息，依然在教训你。你应承着，赞同着，道歉着，保证着。

应付完婆婆，你从厨房冰箱里拿了杯酸奶喝掉，再取出一块冻肉，回到卧室，把肉绑在红肿的脚踝上冷敷。随后你拿出笔记本电脑，忍着浑身疼痛，开始整理科研计划。十一点半，你在桌上垫了枕头，披着大衣入睡。

第二天早上你上班时王孝承还没醒。你留了一锅粥，给他设好闹钟，一瘸一拐地出了门。单位就在张自忠路的旧段祺瑞执政府大院，离家不到一公里，以往你都是骑车去，可今天脚还瘸着，只好去北新桥乘地铁上班。在地铁上，你身上的各处伤痛反复发作，强烈的腰酸腹寒也预示着生理期即将到来。

你向南坐一站到张自忠路，出西北口，往西一百多米后进了大院南门。正前方是一段缓而长的上坡道，直通主楼前的T字路口。斜坡让你的脚踝压迫得厉害，你只好走主路旁平缓的便道，在路口向东一拐，再向北，在路边那排自行车旁边遇到了被人叫作“迎宾猫”的白色母猫。这猫是从隔壁和敬公主府跑来的，常在早班时间蹲在路边等人投喂。你以前总带些吃剩的肉食过来，今天却因为“家变”忘记了。你只好跨坐在自行车后座上，陪白猫待了一会儿，顺便歇歇脚，缓解腹中的不适。再往前四五十米，就是创新院科技政策研究所驻地。几年前这里还是停车场，如今已经竖起了三层高的小楼。

所里八点半上班，每周一早九点开例会。你今天到得稍早，便去财务处帮忙贴发票。例会后，所长突然安排给你一项临时任务——下午去参加一个太空战略研讨会。你学过物理，又搞科技战略，非常对口。你向室主任请了假，吃了碗方便面，就打车前往会场。

上车后你给王孝承发消息，交代下午的行程，却没收到回复。你正要打电话问他起来没，突然想起他玩的游戏有对局记录功能，于是在手机上打开游戏网站，查询他的游戏ID，果然显示他正忙于战局。真是烂泥扶不上墙，起床了也不去补半天班。你叹口气，揉着脖子闭上眼。

二十分钟后，你在民族大学附近一个没挂牌子的大门外下车，由警卫核实身份，又经工作人员登记信息，通过安检闸门进到一座大楼内。你环视四周，感觉装潢陈设很像商务中心，但又没那么奢华。一个接待员招呼你在服务台存好电子用品和书包，又发了一百元交通费。原本你打算带上纸笔，不过对方说会场上都预备好了，你便空着手进入三百多平米的会议室，服务员领你到座席。你没事干，也没手机玩，便张望周围桌上的单位名称和专家名签解闷。

这时，你看到一张熟悉的面孔，竟然是叶楚潭，他也来了。你笑着冲他挥手，他扫你一眼，点个头，径直坐到自己的位置上。你们昨天才见过面，当时他对待你的态度就不怎么自然，摆出一副苦瓜脸，还故意说些含沙射影的话。你知道他一直放不下当年的执念，很想和他解释，又不知怎么开口。不过今天的偶遇应该是命中注定，让你有机会消除昨天的“隔夜仇”，甚至化解长期以来的隔阂。放在以前，你也许碍于已婚身份，不敢冒这个险，但王孝承昨天的胡作非为让你心中动摇。也许，该再给叶楚潭一个机会？哪怕只是做回普通朋友，有个能够倾诉的人也好。不，实际上他并不是普通朋友，他知道你的秘密，即便和你关系疏远后，也没透露给别人，难道不比王孝承可靠得多吗？你瞟向他，发现他慌忙移开看向你的眼神。你在心里笑开了。

参会人员陆续到场，会议室里逐渐热闹起来。有些人是初次相识，互相交换名片；有些人早已熟络，聚在一起聊天。你和身旁的人交换完名片，便仔细研究会议流程表，寻找和自己研究领域切合的主题，打算多挖掘几个研究方向。会议前半场持续了一个多小时，你感觉腹中阴寒，但还是赶在茶歇时给几位作报告的专家递了名片。其中两人认识张启能，谈起他突然离世，不免一番唏嘘。你发现叶楚潭似乎不经意地来到你身旁，没话找话地和你聊了几句对于会议的看法，接着便问你的脚怎么了。你不想在这种场合提王孝承家暴的事，就约他同路回去，打算路上再说。

会议进行到后半场，你终于撑不住了。不知是前一天乱吃避孕药的缘故，还是挨打后情绪受了刺激，你的腰越来越疼，腹中的寒气也越来越甚。会议结束时，你已经挪不动步，全靠叶楚潭搀着你走。一到大街上，你就靠进他怀里，告诉他自己的遭遇。

这段只有半年多的婚姻，已经让你太累太倦太失望了，你实在需要个肩膀靠一靠，无暇顾及它是坚实还是单薄。这一次，又是叶楚潭。

5
AB

5^A

2024/2/9
除夕
20:15

我又闷了一小杯酒，身上暖和起来，继续处理其他邮件。有不少欧美智库发来的订阅消息，基本都是近期学术活动和网络视频会议的通知。我大致扫了一眼：乌克兰局势、能源市场和地缘政治、国际浓缩铀交易与核军控、巴以冲突、印太地区潜在安全风险、全球绿色经济合作进展、粮食问题和人道主义危机、后疫情时代人文关怀，诸如此类。什么议题都有，就是没有我关心的方面，尤其是和尖端技术相关的。我有时不禁会想，如今西方对中国处处防范，会不会我也早上了什么黑名单，故意不告诉我科技动态？

删掉那些没什么用的消息后，邮箱页面一刷新，又蹦出来一封新邮件，是我带的硕士生李娅嫡刚发来的。她是我评上副研究员那年带的第一个学生，开山弟子，现在研二。不过从某种意义来说，她其实应该算所长的人，因为那年所长的学生招满了，就让我接收。这算是投桃报李吧。我评副研时，所长说了话，在后来的一场闹剧中，我受牵连，被新书记针对，也是所长保下我。

我有点奇怪，李娅婻下午刚在微信上拜过年，这会儿又发邮件，还带附件，想必不会是简单的问候。我点开，发现居然是一封长信。

叶老师：

您好！

再次祝您新春快乐、阖家幸福！

在您百忙中打扰，实在过意不去。上月底收到论文审稿意见后，我想今年事今年毕，就赶在年前完成修改，请您审阅。

另外我也有学业上的问题，比较困惑，想向您请教。

这两天走亲戚时，我父母听到很多人说今年经济不太好，就业难，以后可能更严峻，而且很多地方都不愿意招女生了，所以他们现在都不支持我读博，让我毕业就回老家工作相亲，最好能考公。我自己是很想继续读下去的，尤其是老家那边没什么对口工作，回去后就很难再出来做学术了。但是现在考博竞争也很激烈，而且很多地方改成考核制后，要看导师眼缘，我心里没底，不知道能不能申请上。

我想，如果暂时没机会读博，还是争取留京工作，就业机会能多一些，也方便以后再深造。但我父母的意思是，如果留京，就必须进体制，户口和编制都解决才可以。我问了上一级同学，他们说如今硕士留京很难，入编落户的机会很少，考公也很激烈。他们那级有八个人打算留京，目前只有两个有单位给了意向，而且都没户没编，还说明年可能更难。

我其实不想回老家，可如果读不了博，留京也找不到工作，我真不知道去哪儿好。我心里挺矛盾的，脑子有点乱，很纠结下学期开题时是选个容易的题目，好找工作，还是为了继续做学术，找个有价值的方向深耕？

我想过完年后早点回京，向您详细请教这些问题，不知道您何时方便，能在返所时找您吗？

再次向您祝好！

您的学生

李娅婻

我读完信，苦笑一声，拆开一包牛肉干，咬出一根嚼着。李娅婻在学术水平上还算可以，专业不差。不过说到其他条件，尤其是性别，的确是个问题。我并非有性别歧视，但客观地说，女性在就业方面确实不如男性有优势。所长那年招了三个学生，都是男生，把她这个女生推给我，恐怕不是没有考量。对当下的经济形势，我自然有所了解，留在老家的本科同学跟我说过，地方经济局势严峻，财政紧张，为了勒紧裤腰带，连公务员都在退前几年的福利和奖金了。北京这边稍好，但也有不少单位经费降级、人员扎口，只出不进。李娅婻感觉就业压力大，并不让人意外。

可形势如此，我也没什么好办法。我毕竟比不得张老师，没那么大能量和面子帮学生解决就业问题。何况她是所长推过来的人，我不好越俎代庖大包大揽，万一所长另有打算呢？当然，如果她实在没好去处，说不定可以到韩师兄那边碰碰运气。师兄现在可以带博士了，考核制招生。不过他正在事业上升期，想必很挑学生，不知道李娅婻够不够格。唉，这种事变数太多了，我还是拖一拖、想一想，过几天再回复比较好。毕竟是人生大事，急不来，何况正过年呢。

京城居，大不易。这信让我想起自己，毕业那年要不是关家四处活动，我恐怕没那么顺利进入国家大社科系统。原本我也是有机会去创新院的，是张老师最先对我透了风声。

当时是2月底，我返校后被张老师喊去改博士论文。谈完论文，他问我找工作的情况。我大致说了说，比如年前投了一批简历，有几家单位给了回复，但还没安排笔试和面试，另外美玲父母也在发动亲友四处打探。张老师随后问我，知不知道新成立的创新院？我说知道，但是没见到招聘信息。他说，创新院科研局局长是他在党校学习时的同学，前两天问他有没有毕业的博士生推荐，科技政策研究所有合适的岗位，预计过几天会发布招聘信息。

张老师说，从成功率的角度来看，推荐我去最合适，因为我比程丽娟多发了一篇 SSCI 论文，而且是男性，对单位来说没有生育方面的顾虑。此外，他还从另一条渠道听说，创新院拿到了一块地皮，可能很快要建一批价格极低的政策福利房，而我即将和美玲结婚，住房是刚需。至于程丽娟，年前已经结了婚，王孝承没北京户口，他们还在租房，将来去哪儿不一定。

我已经记不清是张老师话里话外透出来的意思，还是我潜意识里做了加工，总觉得他在有意无意地拿我和程丽娟对比。尤其是，我之前和他提过，美玲家有房，不需要我再买婚房，可他又提了我结婚的住房问题，还说程丽娟未必留京。我当时脑子一转，得出个结论：张老师更想把这个机会给程丽娟，但又不愿对我隐瞒消息，于是通过正话反说的方式，希望我主动开口让出岗位。

其实，我巴不得能帮上程丽娟的忙。虽然她总是对我避而远之，但我依然希望她过得好，这样才能减轻王孝承给她的生活压力。年初她被婆家逼着领证实在倒霉，毕竟刚结完婚就去找工作，肯定会让招聘方忌惮她入职即怀孕生产。如果张老师能推荐她，比她自己投简历、被人挑挑拣拣强得多。于是我对张老师说，我相信自己能找到不亚于这次的职位，还是先推荐程丽娟吧，如果招聘方通不过，我再去试试。其实，我知道她通过没啥问题，毕竟之前科研成果不少，再有张老师的面子，性别就不是硬伤了。后来的事一如我所料，只是不知道张老师是否告诉了她来龙去脉，我是从没提过。

想起张老师，我又抿了口酒，心头一热，感慨起来。时代真是变了。张老师属于典型的老派读书人，很有学者风度，学术水平高，人品也好，对功名利禄从不上心，也爱护学生。如今时兴称导师为“老板”，顺应学界产业化的风气，但我们师门里从不这样乱叫。听钱师兄说，张老师年轻时因为不会拉帮结派，评不上职称，坐了近十年冷板凳，但他毫不在乎，专心搞学术，把专业做透了。宋部长看到他那部关于西方科技战略的专著后，大加赞赏，还作了批示，张老师这才翻了身，转成副教授后很快评上正教授，一直晋升到专业二级。他后来开山收徒，大约是有感于学界日益浮躁的氛围影响到在校生，所以要求学生一律考研，好验清成色，但学生只要进了门，就绝对备加照顾。钱师兄当年跟着他做部里的课题，毕业后便留在了部里。可以说，只要能给学生帮上忙，张老师都尽心尽力。

然而如今……唉！我一声长叹，闷干酒。张老师去世后，师门里实在有点王小二过年的气象了，我们这些徒子徒孙更不用提。眼下学术圈更加急功近利，抢课题、争头衔、捞经费，一窝蜂追逐短期目标，折腾个没完，就是不搞真才实学。理工科还稍好点，实验结果、计算数据来不得造假，有时会搞搞噱头造造新闻，但总归有相对客观的标准，和国际上有对标的可能。社科这边，真的是全凭一张嘴，横着竖着都能扯，甚至玩起了眼球流量生意，也难怪民众都在嘲讽“砖家”。单论这一点，我不得不佩服甚至羡慕韩师兄——他的研究成果通过陈妍的咨询公司包装成商业报告，不仅获得社会认可，还卖出了高价。他走了一条不同于张老师的学术道路，更加适应当前这个市场化的社会。再想想自己，真不知道前景如何，也许就蹲在副研究员的位子上，一直干到退休吧。

我安慰自己，也该知足了。我们这一批十年前的毕业生，留京的博士整体发展都不错，至少个个有高级职称，硕士们有的好点，有的差点，但总归是比上不足、比下有余。我还记得，程丽娟挂职时和我说过，基层老百姓才是真的苦，底层孩子唯一靠谱的阶层晋升途径只剩读书了。我们当年都进了体制，但如果不进，也并非没有其他出路。然而现在年轻人的路似乎比我们那时窄多了，考研考公大热，真是应了那句“学而优则仕”的老话。

我又想起李娅婻的信。说来说去，她无非想求个保底，或者就是具体而言的户口和编制。这大概是外地孩子来京最大的追求吧，我曾经也是如此。一个朝气蓬勃的学子终于迈出校门，进入社会时，无论多么辉煌的理想都要面对冰冷的现实——没有户口，就不被这个城市所接纳；没有编制，就难以在世事变迁中稳定生存。过去三年，许多“京漂”茫然无措，给后来者留下惨痛的教训。我万分理解李娅婻，如果她不能在应届毕业时解决户口和编制，那么以后只能参加社招或是积分落户，以她的自身条件，两者成功落户的希望都相当渺茫。

当然，她还可以选择嫁个北京人，实现留京目标，但如果真像美玲说的那样，北京的相亲圈子近些年越来越封闭排外，那么通过婚姻改变身份也只是个理论上存在的选项而已。何况，感情问题一向复杂，如今导师们都有默契，尽量少干涉Z世代学生的私人生活。想到这儿，还真提醒了我，节后和李娅婻见面时得小心些，办公室里有没有别人无所谓，但门一定要打开，让楼道里的摄像头能拍到，免得小人们制造出什么流言。我已经被书记盯上了，可真禁不住再被搞。

北京啊北京，我来到这里十多年，却始终难以发自真心地爱上它，甚至谈不上有什么好感。这儿就是个让无数人怀揣梦想趋之若骛，又让无数人耗尽青春伤心离去的钢筋水泥修罗场。为了在这块天地修成正果，形形色色的人登台亮相、各逞其能，上演了不知多少悲剧、喜剧和闹剧。

程丽娟，和我一样，在留京一事上最终出演了喜剧。至于她的婆家，则大快人心地悲剧收场。当年王家打算充分利用程丽娟，把她当作整个家族进京的跳板，到头来却竹篮打水一场空，连已得到的都失去了——而程丽娟寻回了久违的自由。

5[B]

2016/11/03
周四
17:30

周二、周三不用返所，你在家休息养伤。王孝承还是老样子，白天睡大觉，晚上打游戏，完全当家暴没发生过，也不管你死活。

周四一大早，你回所里上班，照旧开会、贴发票、送文件。临近傍晚，王孝承发来消息，约你去交道口的麦当劳吃晚饭。如此反常的举动让你备感疑惑，是为家暴道歉？不，你立刻否定了这种可能。哪次不是打了白打？还有婆婆护犊子呢，他不可能向你道歉。再一次讨论生孩子的事？你更倾向于这种猜测，毕竟你没说不生，只是要求推迟，说不定他脑袋终于转过弯了。不过，最让你不安的还是婆婆的态度。以往你和王孝承发生冲突后，婆婆都会持续唠叨你两三天，但这次却安安静静的。直觉告诉你，这两种反常肯定有所联系，只是你猜不透他们葫芦里究竟在卖什么药。

你到快餐店时，王孝承已经点好了双人套餐。你们坐在角落随口聊了几句，他便直截了当地问："你考虑清楚了，最近几年都不生孩子？"

“先等两三年吧，我试试评副研，如果……”

“先不说你日后要干吗，总之就是最近几年你确定不生，是吧？”

“嗯，差不多这意思。”

“其实昨天我就想跟你说个明白，不过看你状态还不太好，改成今天了。”王孝承挪挪屁股，喝了口饮料，两个胳膊肘撑在桌子上，继续往下说，“这基本上是爸妈的意思，不过我觉得，如果你确实不想生，倒也不是什么大问题。还记得我小姑吧？就是做服装的那个。”

“记得，她家有个小厂子做外贸，过年回去办酒时还见过。”

“对对，就是她。她家三个孩子嘛，两个姐姐一个弟弟。弟弟就是那个小阳阳，当花童的那个，记得吗？当年为了生这儿子，二闺女一直当黑户，后来上户口时还罚了一笔社会抚养费。哎呀，家里也是够不容易的。前天我妈说，如果咱们不着急生，小姑家愿意把阳阳送过来给咱们养。”

“啥？”你瞪大眼睛，直直地盯着王孝承，语调急促，“什么叫送过来给我们？给你小姑带孩子？”

“不是真的养，只是名义上收养。她家不差钱，小姑会自己过来带。等孩子在北京落户，就算完事了。”

“收养？落户？什么意思？”你惊讶得几乎要按住桌子跳起来。

“你别这么大声行不行？”王孝承摆手让你坐好，低声解释，“就是走个手续，假收养。这些你都不用管，老家那边我爸找人搞定，这边办的时候他们家掏钱。简单来说，人家就是想，咱们如果不着急生，趁着没孩子，这种旁亲收养很好办，先给阳阳弄个北京户口。无非做材料而已，凭我爸的关系有什么搞不定的，阳阳现在刚上小学，正好操作，借读几年就能落北京户口，以后在北京上高中、高考。不用咱们花钱养，小姑会过来陪读。你也知道北京高考多容易，都说北京卷简单。咱们当年那么辛苦，也就上个一般般的学校，要是在北京考，我怎么也能上个985，你也能去清华北大吧？反正你不着急生，我看可以先办这事。小姑一直对我不错，没生阳阳时把我当亲生的一样……”

王孝承不停地念叨，你听得头晕眼花，简直快窒息了。你完全没想到，婆家竟然盘算着这种荒唐事。你只说晚几年生，根本没说不生，可他们却凭空要塞个孩子来，让你当后妈。你越想越气，一股血流冲上头顶，脑中骤然眩晕，身子不得不斜撑住桌边，以免自己从凳子上滑落。你闭上眼，揉着太阳穴。

“你在听吗？”王孝承不耐烦地追问。

“嗯……嗯……”你闭着眼睛回应。

“怎么样，没问题吧？反正我愿意。”

这是典型的王孝承逻辑，只要他决定了，你就必须服从，听任他摆布。可你已经暗下决心，这次绝对不同意。哪怕你不生，哪怕你真的没法生，你也绝不同意领养外面的孩子，何况还是假收养骗户口。这不仅是婆家不顾及你感受的问题，而是进一步看扁你，把你当成实现利益最大化的工具人。你的理智告诉你，现在不能发火，这是一场持久战，你必须有理有据地反击。

“怎么样？行不行？”王孝承又问了一遍。

“这事太突然了，我还没搞懂。收养这么容易，说办就能办？”

你掏出手机，打开浏览器搜索。你知道国家立有《收养法》，打算先找出法条扼杀婆家的意图，尽量不硬顶，以免引火烧身。

“法律都是人执行的，只要打点到位，有啥搞不定的。说起来还有段故事呢。我跟爸妈说你不生的时候，他们正好在跟小姑丈吃饭，当时我妈就在桌上哭了，说抱不上孙子了，他们劝了半天。第二天，小姑就找我爸，说咱们确定最近几年不生的话，干脆先搞个假收养，给阳阳弄个北京户口。以前老家有人这么搞过，还不是亲戚关系，就是在北京郊区的山里找有户口的农民，讲好条件，再找人打点。前些年的行情是十几万，不算贵。听说那孩子在咱们那边的学校属于连高中都考不上的水平，如今上了一本，还是北京生源。你说说，这不就改变命运了？其实小姑心里还有点舍不得呢，毕竟名义上孩子要跟着咱们了，她生了三次才有这儿子。不过小姑丈很坚决，说为了孩子的前程绝对要办，只要能办成，儿子跟咱家姓都行。再说了，他家也不缺这个钱，既然跟咱们有亲戚关系，打点收养人的费用就省下了，可以给各路关系多送点，把事情办得更妥帖……”

“法律上可行吗？”你放下手机，“你看过收养规定吗？我刚查的，三代旁亲是没那么严，不受特殊条件约束，可还有一条：收养夫妻要年满三十岁。你确定没问题？”

“收养手续在老家那儿办，谁送养在谁那儿办，落户时才在北京走流程，他们都问清楚了。老家那点事我爸还搞不定吗？年龄嘛，咱们本来就快三十了，好办……”

“我说的不是这个。”你坐正身子，严肃地说，“你是无所谓，反正在私企工作，没人管。可创新院是直属系统，我是央管干部，归组织部直接管理，你觉得这种事能瞒着组织瞎搞吗？搞这些假材料，上面追查起来，真的不会露馅吗？何况单位每年都要汇报个人情况，填干部情况表，我看室主任和同事填过。家庭关系、社会关系、财产房产，甚至股票证券、社会兼职，全都要填。我今年入职前审查过，所以没再填，明年你弄个假收养，我又不到岁数，写不写突然冒出来一个孩子？”

“那就别写呗。这有啥。亲戚之间过继个孩子是常有的事，又不是违法犯罪，你不说，人家也查不出来。反正不着急报户口，高中之前都不急。”

“你知道这是什么性质的问题吗？你真的明白吗？”你下定了绝不妥协的决心，声调越来越尖锐。

“少用这种口气跟我说话！”王孝承的话音也带上了狠劲，但依然压得很低，“反正你说三十岁之前不生孩子，他们可以先过来借读，再过几年落户口，神不知鬼不觉。阳阳还小，赶在上高中之前落户就行。何况这又不影响咱们自己生孩子，大不了等阳阳落户后再解除收养关系。你不用瞎操心，不过是走手续的事。”

“孝承，你觉得这样合适吗？这么搞，人家看不出来这里头的名堂吗？我又不是不能生，不过晚两年而已……”

“谁知道呢，你以前流过一次，谁知道有没有后遗症。你现在不是工作压力大嘛，万一真的不能生呢？这种事也不少见。”王孝承轻蔑地撇撇嘴，笑了。

你的前额像被冰锥刺穿，一阵寒痛，身子顿时冻成了冰坨。你终于明白他的心思，也看穿了婆家的用心。这就是个局，彻头彻尾利用你做跳板的局。你看向王孝承，这个冠了你丈夫名义的男人，居然轻松地笑着，嘲讽你也许不能生育，令你失望到了极点。真正深爱自己妻子的丈夫，会轻描淡写地说出如此残忍刻薄的话吗？会毫无廉耻地践踏她的尊严吗？会胳膊肘往外拐，帮别人算计她吗？何况这一切不都是他的过错他的责任吗？你气得颤抖了。

“想好了吧？没问题我就回复家里了。”王孝承不紧不慢地说。

你盯着他，一字一句清晰异常：“我觉得，非常，不——靠——谱——”

“哎哟，这是给家里人帮忙，有什么不靠谱的。你要是觉得三十岁之前办不合适，那就等满了三十岁再办手续，阳阳先来北京借读，适应下环境。”

“到三十岁了我为什么不自己生？我说了，不管能不能评上职称，到三十岁肯定生。”

“这两件事又不矛盾，可以同时进行嘛。先把眼下这事开了头，你到岁数后，办完收养，正好接着生。再说了，生孩子还不定花几年工夫呢，万一你就是怀不上呢？咱们给家里回个话，阳阳下学期就转学过来。公立的不好弄，人家也不在乎先上私立，过后再转学呗，反正只要能搞定户口参加高考就行。这事说到底挺简单的，只需要你点个头、签个字。”

“她家这么有钱，直接出国呗，干脆移民不是更好？”

“你真是站着说话不腰疼。小姑家又不是家底上亿的真土豪，出去就是过普通人的小日子，也没啥傍身的技术，只能吃老本。何况投资移民现在的门槛也高了，听说还得排队，折腾几年都不一定成。现在那么多留学生，最后还不是回国抢编制吗？这年头啊，还得进体制、当官才有前途，你看我爸就能看出来。公务员最理想，就算事业编，也得跟你一样是中央的才行。走这条路，当然得先从搞户口开始，有个北京户口，高考容易，找对象方便，进编也离中央更近，是不是？还不都是为了孩子嘛。唉，说起我们家来，大姑你是知道的，当年医疗条件差，生一个就伤了身子，再也生不出来了。我是三代独苗，折腾小半辈子才进了北京。小姑挺大岁数生的阳阳，遭了不少罪。说起来阳阳算我同辈，跟亲兄弟差不多。人家说了，要是办成，姓王都行，我能不答应吗？”

5B

你彻底看清楚了。这个男人，永远只和自己家人最亲，你不过是个外人。更可怕的是，婆家从上到下对此毫无异议，手把手教他作践你。你还不到三十岁，还没生自己的孩子，居然就被要求当后妈，帮别人骗户口，这不是往你心口捅刀子，让你一辈子不好受吗？你想起领证那天，你对他说，总算有个家了，要好好过日子，过自己的小日子，安安稳稳、平平静静，就这么一辈子。可如今他整些什么幺蛾子呀！

“发什么呆啊，行不行？没问题我就给人家回话了。”王孝承拿起手机作势拨号。

你撑起身看他，深吸一口气，冷冷地问：“孝承，你还想和我过下去吗？”

“啥意思？”王孝承撂下手机，反问道。

“你不觉得让一个外人来家里真的很不合适吗？”

“只不过是名义上……”

“那你觉得婚姻是不是名义上的？妻子和家庭是不是也是名义上的？其实我什么都不是！”

“你他妈又犯什么神经病！”王孝承的谩骂引来几个顾客的目光，他不自觉地蛄蛹两下，盯着你，“纯粹是帮个忙，自己家亲戚，想那么复杂干吗，就是走个过场。”

“你觉得走这种过场合适吗？合法吗？我们还没孩子呢，就去收养别人的儿子，还是造假。你答应过我，结了婚就过好自己的日子……”

泪水滑过你的面颊，王孝承看在眼里，仍然不当回事，敷衍道：“怎么这么费劲啊，多大点事，至于嘛，自家人……”

“你姑家可不是咱家，她和我可没什么关系。”

王孝承的眼睛闪出凶恶的光，霎时瞪圆了，却又忍住没发作，挥了挥手：“你不用想那么多。都是很近的亲戚，我们从小像一家人，不会坑咱们的。我小时候老去她家玩，还经常住下，她把我当亲生的看待，不会……”

“孝承，你怎么说都行，但法律不会承认这些。从法律上来说，那孩子只要收养下来，就是我们的，和亲生的没有差别，法律不承认所谓走过场。如果你真着急要孩子，我明年努努力，后年评不上就……”

“之前的话就别提了，先帮人家的忙，人家就是要个北京户口而已……”

“孝承，我只想过好咱们俩的日子，真不想牵扯那么多。”

王孝承见你坚持不肯妥协，阴着脸不作声，哗啦啦地搅着饮料杯里剩下的冰块。

你见他沉默下来，便继续劝道：“你想想，将来我们有孩子了，该怎么和孩子说这件事？为给别人做假户口，让别人在户口本上压咱们孩子一头？何况将来阳阳大了，解除收养关系是那么容易的事吗？你别忘了，家里的房子按法律有人家一半……”

“行了行了！”王孝承把纸杯一捏，不耐烦地应道，“没我家给钱，你能买下那房子吗？让你帮忙落个户口，就这么难？你上大学那会儿没少吃我的用我的吧？我养你那么多年，你就当知恩图报，也该帮一把吧？不过是点个头签个字的事，你以为人家真图你这房子呢，他们开服装厂的，几百万拿不出来？你只要把户口办下来……”

你听不下去了。“知恩图报”这四个字深深地刺痛了你。当年你生活艰难，他的确资助过你。病重的奶奶住进婆婆工作的医院，也的确享受了优待。再后来临终托孤也好，王家帮忙处理丧事也罢，确实都是你欠了他们，这不假，你都记得，你没忘记。所以你曾为了考研的事闹过，为了复合的事闹过，甚至背着他试探过韩沛和叶楚潭，可你最终还是戴上戒指，回到这个颓废无能的男人身边，尽力履行一个妻子的职责和义务。你说服自己接受了这样的生活，但并不意味着接受所有无理的要求，你毕竟不是古代签了卖身契的贱婢。当往日的恩惠成为他反复要挟你的借口，甚至是强迫你做不法勾当的筹码时，它已经败坏了。婆家的所作所为，让你辛苦维护的小日子日益支离破碎。如果委曲求全只能换来这般结果，那你的忍耐还有什么意义？既然道理说尽，王孝承依然执迷不悟，你只好彻底摊牌。

“王孝承，我跟你直说吧，我不想提心吊胆地过日子，违规违法的事我肯定不会做！何况你家根本就不该提！”

“扯你妈的！”王孝承猛地把纸杯砸到你脸上，狂吼道，“白眼狼！没良心的臭婊子！”

“好！你不仁，我就不义，你跟他们过日子去吧！”你把桌子一推，椅子一掀，拎起书包往外冲。

“反了你……你跑哪儿去！你……他妈的破桌子！”

王孝承推开碍事的桌椅，追到街上，你已经钻进了出租车，催促司机师傅立刻开走。你转过头，看到王孝承正在车后追赶，似乎还喊着什么，引来不少路人注目。

此刻你脑中只有一个念头：离婚！尽快！

6
AB

6A

2024/2/9
除夕
20:25

闹过离婚的婚姻不完美，没闹过离婚的婚姻不完整。亲手掀开名为生活的华袍，把跳蚤翻出来掐死，很需要直面惨淡人生的勇气。所以在离婚这件事上，我相当佩服程丽娟的果断和决绝。

当初得知她离婚的消息，我毫不意外，这是从开始就注定的结局。她当年非要往火坑里跳，不只我，师门里甚至普通同学也觉得这婚姻不靠谱，但都劝不动她。张老师引荐工作时有偏心，可能也是担忧她被那种婚姻影响前程。我丝毫不怀疑，如果他们了解程丽娟的过往，一定会竭尽全力阻止她和王孝承领证，让她少走一段弯路。张老师去世后，师门依然能组织起来，有效地对付王家，若是提早到年初，趁张老师在世时就动手，想必更加易如反掌。我曾为历史未能实现这种可能性而惋惜，甚至有些自责——那时我怕和她的关系曝光，影响我追求美玲，所以没能挺身而出。然而时过境迁，如今我的想法已然彻底改变了。

程丽娟的婚姻，也许是人生中必然经历的磨难，所谓人间正道是沧桑。既然她在初入社会时选择乘快车跳站，好尽快抵达目的地，那么后来被命运之手索取额外票价，也就理所应当。有些事，经历过才会明白，才能真正放下。如果她没和王孝承结婚，说不定两人还会像以前那样藕断丝连，反复纠缠，把她日后的生活搅得一团糟。毕竟她试图逃离过一次，却未能解脱，可见这段孽缘没那么容易了结。对她而言，结婚是给自己的过去一个交代，离婚是给自己的未来一个承诺。确立夫妻关系而又解除，意味着之前的一切，无论是包养式恋爱、临终托孤，还是同居流产抑或分分合合，都得到了最终诠释，画上一个句号。对她来说，一切历史问题都在高度概括的“离婚”二字中埋葬了，永远没有再翻查旧账追究细节的必要。唯有如此，她的人生才能重新开始。

至于离婚的种种细节，还是她离京挂职后才告诉我的。简单来说，那天她和王孝承吵完后没回家，在出租车上就联系了陈师姐，到师大找许师姐落脚。两位师姐和她谈了一晚，都建议她先分居一段时间。当时张师妹正跟一个师大女生在小西天合租，程丽娟就在张师妹的大卧室里临时搭了张折叠床住下。

王家找不到程丽娟，开始慌神，这是她婚后首次离家出走，而且态度十分坚决。程丽娟倒也没和王家立刻断绝联系，在午夜前发了师姐妹合影，证明自己住在同学家，但依然坚持事情不说清就不回去。当然，这只是缓兵之计，其实她们几人已经启动离婚程序，研究如何操作才最为稳妥。

这事一开始是保密的，毕竟结婚半年多就离婚，算不得多么光彩。但随着双方对抗升级，她们又把方师姐和王师兄拉进团队。程丽娟后来说，当时她们还想拉我入伙，觉得我毕竟年轻，又是男性，发生冲突时可以充作战斗力。不过她们考虑到我正新婚，就没叫我去“沾晦气”。事后看来，那时没让我参与很可能是正确的决定，倒不是什么晦不晦气的事，而是我多半会忍不住痛揍王孝承。

终场总结，这场离婚战争教育了我：女人一旦下定断舍离的决心，会机关算尽把事情做绝，每一个环节都设计得滴水不漏。

首先是师门介入离婚事件的“合法性”。为什么一群没有丝毫血缘关系的人，竟可以作为程丽娟的娘家亲戚为她撑腰？这个难题不解决，一众人马在和王家讨价还价时便天然地矮一头。最后他们把张老师抬出来，说当初张老师发到婚礼现场的视频里，以程丽娟的长辈身份致了辞，特别强调过师门就是程丽娟的娘家，同学们都是娘家人。这话含意模糊，可上可下，如果从场面话的角度讲，完全可以理解为张老师只是想给程丽娟撑个面子而已。不过，世事就是这般巧。张老师过世没出三七，火化还不到一周，王家就欺压程丽娟，闹出离婚事件，可以引申为对张老师和师门不敬，何况程丽娟还是张老师的关门女弟子。这或许有些上纲上线借题发挥，颇具戴孝出征发动哀兵的古风，但毕竟死者为大，算是在舆论上占领道德制高点。事后证明，效果确实不错。

其次是如何确保离婚一击即中，避免闹一场又和好，重蹈覆辙。既然师门倾巢出动，还抬出张老师，相当于动用核武器，如果这回不一次搞定，以后再有类似情况，谁都不好出面了，程丽娟非被王家吃干抹净不可。最后，他们是把骗户口事件的滑坡效应发挥到极致，走拔出萝卜带出泥的套路。按程丽娟的说法，王家在县里肯定不干净，且不说王孝承自己的工作牵扯到官商勾结利益交换，其他烂事她也偶有所闻，于是他们就借助大师兄的名头施压。当然，没人真的联系大师兄，但和王家对阵时，他们话里话外总是暗示大师兄知道一切，只是引而不发，做足了狐假虎威的戏码。王家心里有鬼，自然不敢硬顶。当时还有个突发事件帮了程丽娟一把——创新院突然派她去挂职，正好在王家人来谈判的前两天下了通知。师兄师姐一合计，干脆把挂职的一年时间谎称为两年，诈唬王家说，就算这次离不了，挂职期间算分居，回来就能打离婚官司。等到真办离婚时，许师姐还托她老公在民政局的亲戚指导一应手续，促成快速调解失败，一次离成，断了王家拖延时间的企图。

最后也是最关键的，是如何处置程丽娟的单位福利房。他们查了不少文件和案例，找出福利房归婚内个人所有的依据，顺着王家当初下的套，将计就计把三十万元欠款认作程丽娟的婚内个人债务，债权与产权进一步脱钩，让王家无法染指房子。王家失了产权，只能在债权上找补。作为同意离婚的条件，王家要求程丽娟必须全额退还三十万欠款和她生母要走的八万元彩礼，再加两万元利息补偿。最后还价到三十五万，由三个师姐和王师兄凑齐了现金交割。这样一来，程丽娟只需分期还款给师兄师姐们即可，既无利息，也无时间限制。

当然，整个过程中有很多意外状况，都被他们见招拆招地解决了。程丽娟从离家到离婚，只用了半个多月就走完流程，完全不影响她在 11 月底离京挂职。不过，到最后程丽娟也没向师姐们交底，坦白自己有裸照视频和流产这些黑历史。她对我说，已然走到这一步，那些都不重要了。她仔细权衡过，认为这次王孝承不敢再用黑料进行要挟，她果然押对了。无论如何，虽然师姐们不知道全部真相，但事件结果并没有因此产生偏差。她终归留了一手，不仅彻底摆脱了王孝承，也没让自己的形象受损，我不得不钦佩她的谋略和胆识。

我至今也不知道，她是否还隐瞒了我什么。我总觉得，既然她有只让我知道的秘密，那么肯定也有谁都不知道的秘密。比如，她到底有没有认真考虑过我？我认为她应该考虑过，否则那天晚上不会约我出来，把我逼到那个份上。回想起来，美玲也做过类似的事。后来我才明白，男女关系走到僵持阶段时，往往需要男人率先采取行动，最好是作出保证，或者起码有些交代，才能推动进程。如果当时我明白这一点，给程丽娟一个保证、一个交代，是不是我们就不会错过呢？

我历来是个唯物主义者，但在程丽娟的问题上，却常常违背历史不容假设这项基本原则。我总是忍不住设想，假如当初我采取了不同的行动，和程丽娟的关系又将如何发展呢？之所以这样想，是因为那些遗憾已经无法弥补，唯有以这种方式获取精神上的慰藉。这当然是自欺欺人，但就像有人说过的，人越老越靠着回忆存活。

我清楚自己至少错过了两次机会。

一次是在地铁口送她去找王孝承，另一次就是陈妍回国的那个晚上。当天白天我不在场，不清楚她俩之间发生了什么事，只知道中午时分陈妍来了办公室，而屋里只有程丽娟一人，所以大概真的发生过什么。那天傍晚，韩师兄和陈妍去过二人世界，程丽娟问我要不要到操场跑步。我知道她是因为师兄和陈妍才找上我，知道她那时不免心中难受，我自然无法拒绝。到了操场我才明白，她压根不是去锻炼的，而是为了发泄。她跑得飞快，一口气跑了十多圈，我甚至担心她会撑不住，一头栽倒。

天黑下来，我送她回宿舍，她累得半躺在小花园的长椅上不肯起身，要我再陪她一会儿。我刚坐下，她就倚上我的肩头，双峰有意无意地夹着我的胳膊。那触感我至今无法忘怀，因为她跑步时从不穿胸罩。

我得承认，她的确让我着迷，比美玲对我的诱惑性大得多。我很懊悔没和她发生肉体关系，这并不是说我现在想出轨，而是美玲实在太保守，一直拒绝和我探索性爱中更多的可能，只停留在勉强尽到配偶基本义务的水平上，一点都不掩饰她的敷衍和厌烦。从另一个角度说，这种懊悔当然也源于我对过往的遗憾。毕竟在认识美玲之前我已经堪称“思想犯”，经常将程丽娟作为臆想对象——她和我说过，王孝承在这方面索求甚多，教了她不少花样。我时常忍不住揣测那些花样，幻想她用在我身上是多么刺激。所以当她真的用胸脯摩挲我的胳膊时，我浑身像着了火，体内有巨大的能量要喷薄而出。

不过，当时还有另一种力量压制住我，是理性吗？我也说不清，只知道脑子里很多念头瞬间搅和在一起：程丽娟要对我做什么？她今天怎么这么主动，是因为韩师兄吗？师兄真的和陈妍在一起吗，所以他一直隐瞒自己有女朋友的事？程丽娟终于没机会了吗，她会不会和陈妍一较高下呢？可她已经和王孝承复合了，不，她说只是应付一下，再找机会分手，难道她打算立刻甩了王孝承，把师兄抢回来？那她为什么又来找我呢，莫非想让我帮忙对付王孝承？可是她夹在师兄和他女朋友之间不会很尴尬吗？我该怎么办？我能做什么？难道她想明白了，觉得还是我更好？她的胸好软好舒服，再继续下去我真的忍不住……

平衡的堤坝很快崩溃，因为程丽娟突然问道："想和我试试吗？"

这一瞬间，我的爆发感消失了，脑子里空空如也，呆滞得像一座木雕。真是可笑，真的。之前我经常幻想程丽娟风情万种媚眼如丝的姿态，但当她亲口邀我共赴云雨时，我竟然他妈的呆成了木鸡！

不知道程丽娟有没有看出我极不自然的反应，我想她可能没有，因为她在继续给我"上强度"——凑过来轻吮我的耳垂，火热的手向下探，说她很想要，但不愿意找王孝承，宁可和我去开房。我有点记不清自己干了什么，大约像个卫道士一样，乌七八糟扯了不少道德箴言。总之，我想表现得像个绝不乘人之危的正人君子，可程丽娟压根不打算放过我，继续追击。她说，如果我担心后果，那完全没必要，她不会让我负责的，尤其不用担心她怀孕。

我竟然哭了。我清清楚楚地看到某种美好的、纯洁的、闪着光辉的东西碎掉了——我说不上来那究竟是什么，但的确是我视之为珍宝的东西，碎掉了。

她终于不再逼我，转而给我擦眼泪，安慰说，她不过是闹着玩的。我们沉默了好一会儿，她突然仰起头，幽怨地看着我，给我发了张"好人卡"：

“你是我最好的朋友，我知道你……唉，可是我实在配不上你，我真的不值得，将来一定会有好女孩等着你。我差点害了你……不过，有一件事我没骗你，我可能真的怀不上孩子。那年做流产时出了点状况，我又赶着考研，没有休息好，可能……唉，我确实对你太过分了，你别往心里去，真的……”

多年之后我才醒悟，其实那是程丽娟向我发出的、明确到不能再直白的信号，而我不仅没能理解，反而在她的极限施压下现了原形，对她彻底坦白了自己的幼稚和懦弱，简直没资格做个男人。在某种意义上说，我的确被二十年的校园生活驯化成了缺乏野性的乖孩子，在本该表现出雄性本能的时候，却像动物园里的困兽一样选择了逃避。可笑，可悲。换成今日的我，一定不会错过这个能把我们的生命牢牢捆在一起的良机，哪怕斗得遍体鳞伤，我也要把她彻底抢过来。是的，在那种状况下，做禽兽也比做懦夫强。可事实上我一㞞到底。我的初恋还未曾正式开始，就彻底告终了。

我打算再倒一杯酒，祭奠我未能善始更无善终的苦涩恋情，然而阳台的小门吱呀一声被拉开，依兰探进身子，叫起来：“爸爸喝酒了！我要告诉妈妈！”

“醒了？怎么不多睡会儿？”

“电视太吵呀！爸爸，你要我保密吧？”

“保密？保什么密？”

“你喝酒的秘密呀！给我的蛋仔充钱，我就给你保密。”

唉，这孩子，自从玩上那个游戏，迷上抽皮肤，就总惦记着要钱充值。我和美玲商量了，认为这些手游娱乐反正堵不住，不如借机让她学会赚钱管钱。于是依兰擦桌子、收垃圾、敲背捏腿，诸如此类的活儿都折算成她的工资。不过这种劳务交易并没有持续多久，她很快无师自通地学会了自己创造交易价值，最常用的手段就是拿别人的小秘密讨价还价。刚才用抽烟的事换得玩偶，现在又借喝酒的事敲竹杠。这孩子，真不知道打哪儿学的小九九。

“好，那值多少个蛋币？”

“嗯……三十个，三块钱吧。爸爸要敲背吗？给你敲三块钱的，凑到六块给我充上吧。”

“你先给妈妈敲吧，爸爸还要干活儿，都给你攒着。你千万别说啊。”

“放心吧，我说不了一点。对了，妈妈喊你过去，说带上电脑去客厅看电视。”

“哎呀，跟妈妈说我忙着呢，走不开。”

“妈妈说了：跟你爸爸说，一年就一次，孩子醒了就要全家一起看春晚。”

我看着依兰期待的眼神，感觉她可能又对美玲的话作了扩展，就像她平时经常“假传圣旨”一样。不过毕竟是春节，我不该让女儿失望，于是合上电脑跟她出去了。

到客厅时正赶上岳云鹏的相声收尾，美玲咧着嘴傻乐。她就好这口，京腔京味。我对曲艺之类没啥兴趣，坐回沙发，把笔记本电脑架在腿上，继续干活儿。节目一完，美玲就转头质问我，是不是喝酒了？依兰嘻嘻哈哈地说，爸爸我没告状哦，是妈妈的鼻子太灵了。她开始和美玲商量敲腿的价码。唉，保密费白花了，经常如此。

两个节目之后，进入小品单元，美玲借口上厕所，实则是去接电话。我已经听出是岳母打来的，想必母女俩又要聊什么八卦了。

我伸个懒腰，再一次想起程丽娟。美玲自身能力不足，但比起程丽娟则幸福得多。她投胎好，生在北京，从小没遭过什么磨难，家庭关系和谐，物质生活也不错，和母亲的关系尤其亲密。相形之下，程丽娟厌恶地称自己生母为“那个女人”，早就恩断义绝。她和王孝承结婚后，那个女人又找上门来，想攀附亲家，给她二婚生的儿子在老家谋出路。程丽娟说过，那个女人最后一次给她打电话也是在除夕晚上，当时她刚挂职两个月，半夜发病，差点没熬过去。

6B

2017/1/27
除夕
16:30

猴年岁除，你作为值班领导，带着四名本镇籍贯的干部留守政府小楼。年夜饭前，你把四人分成两组，让他们轮流回村和家人团聚一小时，自己则去镇政府东边的集镇市场作暗访式巡查。

市场沿着 G312 国道北侧数米宽的便道建成。刚来时，周雪生就告诉你，沿路向东两千公里是上海，向西一千五百公里可达霍尔果斯，你们脚下正是“当代丝绸之路”。这之后，你好几次随他在集镇上检查工作，维护这在三千多公里丝路中占比万分之一、全长三百多米的路段内的生产生活安全。

你很喜欢集镇市场。尽管这里的自然环境和老家完全不同，没有青山，没有绿水，无论往哪个方向看，都是一片黄灰色的土丘和戈壁，天际线还耸立着白雪皑皑的山脉，但充溢着土味的乡村市场勾起了你随父亲赶集的童年记忆。

此时市场里来了大量流动商贩，便道上停了不少轻卡、皮卡、面包车。商贩们卸下挡板，敞开车门，招揽着生意。街道两侧的店铺也都门扉大开，甚至把货架摆到街边叫卖。村民们则更加随意，在地上铺开塑料布，堆起农产品，便是个临时的摊位。你怕被认出来，用围巾裹了脸，装作逛街的妇人。

市场入口处，一排折叠桌上堆着大衣、棉裤、鞋帽。你停下看了看，觉得款式偏老，颜色也不鲜艳，都是本地人常穿的暗色系。一个兜着围巾的中年妇女凑过来，用方言问你看上哪件。你不想暴露口音，只摇了摇头就转身走开。

接下来是几个卖农产品的摊位，堆着本地常见的冬季蔬菜：西红柿、油麦菜、辣椒、茄子、黄瓜和蘑菇。都是温室大棚培育的。你还记得，小时候一到秋天，各家各户都要准备冬储大白菜。那个冬天只能变着花样吃白菜的年代，随着温室技术的推广，越来越遥远了。如今即便是西部地区，冬天也不会缺菜吃，有时一斤鲜菜还卖不到两元钱。当然，菜价太贱，农民收入上不去，成为近年的新问题，只是单凭你的力量无法解决。你所能做的，就是和一起来的创新院同事们尽可能收集农村基层最真实的情况，再反映上去。

蔬菜摊旁还有几个卖干果和水果的铺位，商品或堆在地上，或摆在临时拼搭的案头上，都是乡间常见的品类，有花生、瓜子、杏干、核桃、红枣，以及柿子、橘子、香蕉。卖调味品的摊位夹在中间，地上摆了几瓶本地品牌的酱油和醋，还有桶装的食用油，存货都码在摊位后的面包车里。你蹲下查看标签，没过期。

接下来几个蔬菜果品摊位没有什么值得注意的，你继续往前走。一位老妇的小商品摊上摆着袜子、鞋垫、短裤、手套、绒线帽，样式都有点土。一个中年男人的摊位，地上堆着生姜、蒜头和洋葱，边上码着半人高的大葱。两名年轻女孩的日用杂货铺，有洗衣粉、肥皂、电池、晾衣架、洗碗布、大胶带，以及各种尺码的盆和水桶。

一连几个干货摊，堆满了散装的粉条、干香菇、干木耳、干海带丝、干腐竹。一个年轻男孩的摊位，各式收音机、计算器、充电宝、USB线、插排、灯泡、闹钟、手电筒、剃须刀、指甲钳。一辆三轮车上并排立着两个塑料桶，分装着大块的冰糖和红糖。鲜肉摊上有个小伙子正在分割牛肉，你凑过去看，找到牛腿处的检疫章才离开。

你看到一个摊位上挂着一排白条肉，不像羔羊或乳猪，便疑惑地检查。那些动物都被去了头，前后腿拉直，半米多长的身躯被保鲜膜层层裹好，冻得梆梆硬。通过爪子的形状，你认出这些是狗。在乡镇市场上，狗肉交易属特殊情况，因为国家没有出台犬类屠宰检疫标准，其处于执法模糊地带，按“市场惯例”交易。你望狗兴叹，只好转身去下一个摊位。

前面快到加油站了，你开始注意是否有人使用明火。按规定，加油站二十五米内是管制区，不过实际检查中，往往会放宽到三四十米。你踏上路边的水泥隔离墩，向加油站方向张望，没有发现明火，却看到个卖酒的摊位。你想起周一开会时镇长特别强调，其他乡镇已经出现假酒造成人员伤亡的恶性案件，柳泉镇也要加强检查。

你穿过几个卖饼干糕点、日用杂货和熟肉制品的摊位，径直来到酒摊前，盯着便携式货架上的酒瓶、酒桶。你平时不怎么喝酒，以前陪王孝承小酌时也是啤酒居多，此时摊位上码放的都是你不熟悉的白酒。你认出有几种是本地品牌，在这边的饭局上见过。本乡本土，当地人都很熟悉，想必不会有假，你便集中精力检查塑料桶包装的散装酒。你对照桶上的标签，在手机上搜索厂家名称和联系方式，查了两三种，都能找到登记信息，没发现异常。这时，靠在货架边玩手机的中年汉子开口了，问你在干吗。你不言语，他又说自己的摊上绝对没假酒，还指着旁边的小货车，表示有问题就按车牌找他。

他进一步追问你买什么酒，要几桶，让你不知如何脱身。突然身后啪的一声炸响，惊得你浑身猛一哆嗦。扭头一看，原来是三个小男孩刚刚点燃了一只大炮仗。你立刻从摊位之间穿过去，想警告他们不要在加油站附近用明火，他们却注意到气势汹汹的你，一哄而散，跑掉了。

你噘起嘴，摇着头，转身向十字路口走去，打算巡查市场另一侧，再顺便去敬老院瞅瞅。还没走出几步，你就感到头晕恶心，身上骤然发冷。你正寻思生理期还不到日子，呼吸却已经急促起来，连腿也软了。接着你的头猛地一沉，一股寒流沿着脊柱散发到全身。你很清楚这是发高烧的前奏。上周你去村里参加活动时赶上降雪，受了风寒没好利索，也许又要反复了。

你定了定神，决定先回镇政府休息。进办公室后，你歪在沙发上歇了好一会儿，才挣扎起来烧开水，打开电热毯的电源，再找出温度计，脱下大衣测体温。

38.4 度，这才是个开始。你从行李箱里翻出对乙酰氨基酚缓释片、头孢药片，再兑上一杯温开水。正准备吃药，你又想起自己还没吃晚饭，就在温水里倒了一点白砂糖。这时肚子隐隐作疼，你疑心中午在镇上吃的拉面有问题，又找出黄连素片。吃完药，你钻进半冷半热的被窝，在腹内反复绞痛和腿脚间歇性痉挛中耗尽了体力，迷迷糊糊地睡着了。

不知过了多久，你被电话铃声吵醒，闭着眼摸到手机，接了电话。

“喂？程镇长？程镇长你在镇上吗？我是张有功，今天值班呢。”

“在呢，我在办公室。”

“刚才敲门没人答应哪，屋里也没开灯。”

“哦，我刚才出去巡查，有点头疼，回来睡了会儿。你在楼道里？我听到门外有声音。” 6B

“我和许良刚刚回来呢，程镇长你在镇上就好哪。”

“对了，我刚才没查完集镇，你们再去看一眼，有没有假酒……”

“程镇长，那边已经散了，现在都七点多哪。我们本来想喊你一起看春晚呢。”

你眯着眼看了下窗外，天色果然已经黑了。

“哦，唉，我先不看了，还有点晕，我再歇会儿。集镇上没什么情况吧？”

“没事，都好着呢。程镇长你先休息吧，应该不会有事，有情况再向你汇报哪。”

“好，你们辛苦了。”

挂断电话后，你却睡不着，因为出了一身大汗，衣服全部湿透，异常难受。你在枕巾上蹭干脸，从床头抽些纸巾擦擦胸口，把更多的纸巾垫到衣服里。腹内依然翻江倒海，不是某个脏器的反应，而是整个腹腔从前到后、从里至外，无以言说地撕扯拧绞。这种五脏六腑都仿佛要炸开的苦楚，不一会儿就折磨得你又陷入了半昏睡状态。

你再次被电话铃声吵醒，摸出手机，只见屏幕上是个陌生手机号，属地却是老家。你迷迷糊糊地接通电话，应了一声。

“啊呀！过年了怎么也不给妈来个电话！”一个熟悉又疏远的声音。

“我睡了，挂了吧。”

“这么早？哎，等等，你真离婚了？”

“离了。”

“哎哟！怎么不早说啊！他们家过年串门，到处说你挨有钱人做三儿，去西北了。你男人还说人家硬塞给他几十万分手费，给人看手机上的转账信息，是真的吗？”

“没有。那是还他家的钱，我找人借的。”

“我就说嘛！刚才还和三婶子吵了一架。啊，我闺女在北京伺候中央领导的，怎么会干那种事！那老寡妇，大过年的，好不要脸！反正也离了，没啥！不就一个男人嘛，男人多的是！没了就没了，下一个更好，我就说……”

“对，爸没了对你更好。”

“你瞧你！哎呀，你这一打岔，我都忘了正事。你弟弟不是谈对象了嘛，女孩挺好的，快定下来啦！他们说开春一起去北京找你玩，你……”

“我在沙城，西北，不在北京。”

“啊？那你……”

“挂职锻炼，单位派来的。”

“哎哟，你要升官了怎么也不早说啊！你瞅瞅这可多好啊！他们家攀不上你了，就胡说呗，我明天就骂臭他们！那你还回北京吗？涨工资了没有？现在是大领导了吧？”

“年底回去。没事挂了吧，我在值班。”

“哎哎！还有，你弟弟有个堂叔，你知道吧？也在北京打工，人挺帅的，你还见过呢，他也老大不小了，没个对象，我就说呢……”

你挂掉电话，手机又响起来。你再次挂断，把号码拉黑。什么叫大过年触霉头？这就是。你很清楚，她想找你要钱，给儿子凑彩礼。至于那个什么堂叔，上次找来也是想借钱，被王孝承赶跑了。你还知道，那人之前嫖娼、赌博，有过案底。那个女人把这种烂人说给你，明摆着是要向她夫家邀功。

你越想越气，疼痛似乎加剧了。外面传来鞭炮声，你仔细倾听，有些遥远，是从村里传来的。你想起自己小时候在老家没放过几次炮，只买过些小爆竹，意思一下就算了。以那时的家庭条件，有点钱怎么舍得拿去炸掉。你又想起最后那个和父亲度过的年夜，当时他已经瘦骨嶙峋，带着你去买鞭炮，专买点燃后会喷着火转圈圈的“风火轮”。后来小叔也给你买过几次。再后来，你就和王孝承过年了。而今，只剩下你孤身一人。

一阵剧烈的绞痛传来，你的眼泪止不住地滑过脸颊，浸湿了枕巾。意识越来越模糊，你沉沉地昏睡过去。

午夜时，你被密集的鞭炮声惊醒，想再吃次药，便打开手机灯摸向桌边。光亮一闪，屋角鹅掌藤的翠绿色大叶子突然映入你的眼帘。你看到那团绿叶快速膨胀，仿佛化作一大片草原，向你包围过来。头顶传来一阵炸裂般的剧痛，眼前天旋地转，你不得不踉跄着躺回床上。你最后瞥一眼那绿色的“草原”，耳边传来不知是谁的话语：

“春天，十个丽娟全都复活，面朝大漠，春暖花开……”

7
AB

7A

2024/2/9
除夕
20:30

程丽娟和我讲起那次除夕夜的急病时，我问她为什么不去医院。她说那边的医疗水平实在不行，自己刚到镇上几天，卫生所里就发生了医疗纠纷，所以她从没考虑过在当地就诊，都靠自己带去的药硬扛。好在那次之后，她没再犯大病。

其实当年我也差点被派去西部挂职，不过，我入职后正赶上两次重大形势变化，最终没能成行。一是大社科系统换届，当年主张年轻学者必须人人挂职的大领导退居二线，轮岗下基层因此停摆，颇有人走政息的意味；二是挂职对口的西部省份一把手落马，连带不少高级别的地方官员被查，出现塌方式官场地震，地方系统自身都不稳定，自然难以再对接大规模挂职。所以，我入职后的第二年，也就是本该下基层的那年，系统内改为个人自愿报名及自行找地方对接，等于变相取消。我无意走仕途，自然是多一事不如少一事了。

当然，挂职终归有些好处，有挂职经历的人在单位里评职称更快，转岗行政类职务也更容易。听去过的同事说，下基层对于了解地方民情和治理情况很有帮助，在研究政策和制订规划时可以拓展思路，学会从基层视角考虑问题。程丽娟也说过类似的话，但我缺乏相关经验，只能意会了。

正琢磨着陈年旧事，依兰突然凑过来，拉着我的胳膊问：

“爸爸，你不爱看吗？”

“一般吧。”我抬起头，瞄了眼屏幕上的古装歌舞节目。

“多好看呀，衣服都好漂亮！”

我知道女儿喜欢古装衣裙，衣柜里就有好几套，平时也爱看这类小视频。为了不让她失望，尤其是不能让她误解我否定这类节目，那等于否定她，我只能合上电脑，装作全情投入地陪她一起看。

又一个小品开演时，美玲回到客厅，冲我晃了下手机，意思是微信上有消息。趁娘儿俩嬉闹的时候，我拿起手机查看。一是她父母两边大家族聚餐的安排，岳父那边是初三，岳母那边还没定——岳母的二姐也就是美玲的二姨正闹离婚，在等一份很重要的亲子鉴定结果，这将决定二姨父能否来参加聚餐。二是美玲的一个远房堂哥年后带孩子来北京，点名要去南锣鼓巷和后海，让我们抽个时间作陪。

老话说，年关难过，美玲二姨家正是如此。两年多来，她家那个娱乐新闻级别的瓜我已经吃了好几次，后来消息在网上曝光，全国的吃瓜群众热闹了好几天，现在终于要迎来大结局了。

起因是美玲的二姨父出轨。他是大学教授、著名编剧，任教、创作双肩挑，结果被一个三线小明星缠上了。当然具体过程如何、谁主动越过雷池，已经是罗生门般的谜团。据二姨父说，小明星自称想往编导方向发展，要考他的研究生，以请教专业的名义主动投怀送抱，害得他犯了男人都会犯的错误。不过，二姨通过别的渠道打探出来，说是两人在某剧组的饭局上相识，之后就假借工作名义勾搭上了。早先二姨也听到些风声，只以为是捕风捉影，毕竟文艺圈里的风流韵事和谣言诽谤一向并驾齐驱、难分真假，她早已习惯了。而且她后来说，二姨父长期抽烟喝酒加熬夜，在夫妻生活上早就不行了，压根无缘男女之欢。尽管如此，疫情期间封楼查人，还是恰好捉住了这对偷欢的野鸳鸯，事情因此败露。当时这事没什么热度，是因为电视剧投资方封锁消息，怕社会影响不好，甚至据说这小明星和资方大老板也有一腿，谁知道呢，总之，硬是靠公关手段把消息压住了。

等管控稍一放开，二姨就和小明星展开谈判，上演了一出狗血剧。那小明星戴着大墨镜，捂着大口罩，一上来就摊牌，说压根没看上过二姨父，只是为给自己捞个加戏的机会，如今既已达到目的，不会再纠缠，让二姨就当两个人拍了场床戏，高抬贵手。二姨对这套令人三观炸裂的胡扯极其不满，但毕竟还要面子，看到对方退让，也不打算继续追究，心想以后把钱管严了便是。不过，小明星临走时，大约是为了找回点场子，又甩下几句话，差点把二姨当场气中风。

“您呀，别老拿人家那笔杆子当摇钱树使唤，也对人家好点。这次也就是我没动真格的，下次要碰上别人认了真，您可没一点胜算。其实，X 老师还是挺男人的，就偏偏跟您那儿立不起来，外头吃两口还被您生生憋回去，也是怪可怜的。”

美玲从当时在场的表姐那儿听来这话，又阴阳怪气地学给我听，搞得我差点去发帖爆料。并非是我没有同情心，而是立场不同，态度上就有差异。美玲表姐作为女儿，亲历父亲出轨，从受害者的角度诉苦，把种种情况也许如实、也许添油加醋地讲给别人，自然是为了渲染小三的罪恶，反衬自己家人的无辜。但我毕竟和美玲娘家隔了一层，和她表姐也不过打个照面的交情，几乎是个路人的视角，自然吃瓜的心理更占上风，恨不得给不明真相的群众指点迷津。

最后这事没发酵起来，一些非常戏剧化的场面也就成了不足为外人道的内部段子。不过，就在相关人等都以为出轨风波已经平息时，去年年底又上演了爆裂级别的续集。

那时剧已经播完半年多，小明星托人带话，说生了对龙凤胎，是二姨父的，逼二姨离婚。这事还上了娱乐热榜，因为那小明星突然就在社交账号上秀母子照。在剧集余温的加持下，全网八卦群众很快就挖出了真相：两人之前是假分手，谈判是做戏，解除管控后继续偷情，无人发觉。不过，在关于孩子的问题上，二姨父又开始语焉不详了，或者说，他把不可靠叙事的专业技巧发挥到了极致，自称没打算要孩子，是被算计了，对方可能拿用过的避孕套去搞了人工受孕之类的，绝非他本意。然而网上有爆料，说两人是真爱，二姨父给小明星写了结婚承诺书，甚至还有几张孕期中的亲密合影流传。总之，二姨完败，现在就等亲子鉴定结果，只要孩子是二姨父的，立刻离婚，家族新年聚会时自然将奸夫除名。

我必须承认，这戏码实在精彩。一个编剧，“知行合一”，硬是把现实生活过成了自己笔下过度编排的家庭剧。我对美玲说，都去走鉴定程序了，孩子的生父还有什么疑问。她耸耸肩，不置可否。依兰追问我们在说什么，我干脆关了微信，打开游戏，把手机塞给她。

“还让她玩啊？吃完饭就一直玩，晚上还玩，眼睛迟早瞎了！”美玲一向反对让孩子玩小屏手机，又喊起来。

“过年嘛，就别管那么严了。你不让她玩，让她看电视也没好到哪儿去。依兰，只玩一会儿啊，注意时间。”

“嗯嗯，是猫猫玩，我不玩，我不让它多玩。”

依兰拿着手机窝到沙发角落，把熊猫玩偶架在自己腿上，再把手机摆到熊猫腿上，装出一副大人带着小孩玩的模样。她一直把熊猫当作替罪羔羊。凡是我或美玲不乐意她做的事，她就说是熊猫干的。我们批评她，她就转而教育熊猫，诸如，猫猫你又不乖了，猫猫你要听话，猫猫我要打你屁屁，等等。以前我觉得这是小女孩特有的矫情，但美玲解释说，这是儿童常见的一种心理投射，把玩偶当成真实的存在，用来寄托感情或寻找心理支持，依兰是把熊猫作为替身，外化转移自己的压力和挫败感。

“依兰，那你要管好熊猫，不要让它玩太久了。”我配合着依兰的表演。

“玩二十分钟休息五分钟，知道吗？”美玲又补了一句。

依兰答应一声，欢快地玩起蛋仔。我和依兰都不爱看情景剧式的小品，开始聊堂哥一家来京后怎么安排。

我只在婚礼上见过这堂哥一次。这次他来北京，是带女儿考中戏表演系，初试时间在 2 月 18 日，他们提前几天来京适应环境，顺便玩一玩，缓解孩子的压力。

之前美玲给我看过那女孩的照片，我觉得她相貌普通，压根不可能当演员。可美玲不信邪，说如今许多明星都长相平平，还逼着我去联系当年的一个硕士同学，他母亲在中戏，美玲让我们托关系找表演系的老师咨询。我把女孩照片发过去，说明情况，同学发回来几张照片，是中戏东棉花校区的大门外景，还有站岗女保安的特写。我不明白他的用意，以为他是敷衍了事，就回了好几个问号表情。他解释说，想考中戏当明星的孩子太多了，表演系的老师常被人托关系看面相，后来就有个约定俗成的做法：让对方把自己和中戏校门口的男女保安对比一下，如果气质相貌还不如保安，就别耽误工夫浪费钱了。我把美玲那个演戏不看脸的说法甩过去，他回答说，你也不查查那些人啥背景啥门路，一般人能比吗？

我把聊天记录原封不动地转给美玲，她一看那女保安的照片，就扼腕叹息，说完蛋了。原来女孩已经在老家上了几个月的表演辅导班，还找所谓的名师一对一地开小灶，前后扔出去了十几二十万。我建议美玲直说，这就是杀猪盘。她却说那太打击人了，还是委婉地暗示一下比较好。

我不知道美玲是怎么跟她堂哥说的，但见女孩依然来考学，想必不肯听劝，或者是美玲怕得罪人，压根没说透。

美玲说，堂哥家里也不差钱，就当让女孩学点文艺技能，来北京玩一圈，最后考一回中戏，见见世面，圆个梦。她反复叮嘱我，千万不要说漏嘴，务必以鼓励为主。我不以为意，反正是她家的亲戚，我按她吩咐的办就是了。

美玲给她妈回完消息，春晚已经切到西安分会场，她刚看两眼就被依兰拉去陪玩。游戏里也在搞联欢晚会，一群圆滚滚的蛋仔角色穿着各种时装，云集大舞台，又唱又跳，颇有元宇宙的噱头。美玲嘴上老说不让孩子玩手机，其实自己也没强到哪儿去，尤其喜欢呆萌风格。我没告诉她刚才在新闻推送里看到 bilibili 春晚，里面有各种二次元，她要是知道，更得沉迷了。

趁着没人来吵我，我赶紧打开笔记本电脑干正事。SpaceX 的概况我很清楚，去年还给媒体写过专题分析，可以拿来做底本，结合最近的新形势，改成一篇讲演稿。

看着电脑屏幕，我又想起程丽娟。刚才美玲说她堂哥女儿考中戏的事时，我一瞬间就想到了她——她那形象绝对够条件。凑巧的是，在挂职离京前一天，她问我有没有空，拉我去南锣鼓巷和后海玩，说要在走前把市内好玩的地方都逛一遍。当时我已经知道她恢复了单身，却不敢有任何想法，或者说，害怕自己又生出那种想法，让她看出来，因此只能回绝她的邀约。后来我才反应过来，她找我作陪，不过是实在找不到别人。留京的同学里，除了我在大社科系统，不必坐班，其他人都要朝九晚五。除了我，她别无选择。

如今想来，是我的神经过于敏感了。她刚经历离婚变故，马上又要离京挂职，临走时，却连个能一起逛街的熟人都找不到，实在有点形影相吊的凄凉。

我又错过了一次机会。

7B

2016/11/25

周五

8:10

在京最后一天，你原本想睡个懒觉，却一大早就被电话吵醒。创新院人事局来电话通知行程，要求第二天八点在登机口集合，九点飞砂阳。你随即询问挂职的具体安排，尤其是单位和职务，被告知再等通知。

你挂了电话，在挂职群里打探消息，发现大家都不知道详情。距院里动员会已过去近两周，挂职安排仍是雾里看花。有小道消息说，可能安排大家进村，按驻村干部的模式运作。还有人说，要化整为零分派到各区县部门。甚至有人猜测，砂阳方面也许并不想真的安排你们，因为成建制地下派十个正科级干部太过夸张了，让基层单位有所顾虑，“恐被架空”。什么说法都有，就是没有官方消息。

你躺在床上，环视着空荡荡的房间，又梳理了一遍离京安排，查缺补漏。离婚后，王孝承很快回了老家，带走家里的大部分物件，连给你买的首饰和衣服都统统打包拿走了，你不得不刷自己的信用卡重新添置服饰应急。房子已经退租，房东看在张老师面上没扣押金。你担心挂职后任务重，机要通信不便，加班加点完成了不少工作，包括给研究室主任写的课题文献综述、所里要求提交的本年度学科发展报告、一份关于美国民用航空发展战略的内参，还有按审稿意见修改再投的论文。行李也在前两天收拾妥当：一大箱托运，一小箱手提，再背一个电脑包。带不走的，都已经送到张晓晨那里寄存。

几个师姐都宽慰你说，正好离婚后换个环境，调整下心情。可随着离京日期临近，你的心里却越来越忐忑。你孤身一人，无依无靠，不知道去西部后是何等境遇，自己能不能坚持下来。此外，你也不甘心兜了一个大圈后又回到乡村，这好像否定了你这些年来脱离乡土的努力。但人生就是如此，你不得不被动地接受那些自己不理解、不情愿的安排。你想到一句西方谚语：Take it easy, but take it（放轻松，别逃避）。

你继续盘算如何度过这最后一天。原本你计划读些文献，再看看书，但挂职群里的讨论让你改变了主意。他们都说，最后一天要在北京多享受享受，毕竟砂阳就是一大片戈壁滩，经济滞后，没什么好吃好玩的，甚至连水源都相当紧缺。有人提议，干脆晚上在王府井搞个团建聚餐，能来的尽量来。

你私信问同在挂职名单里的另一个女同事今天有什么安排，希望能和她一起行动，却被回复说她刚查出怀孕了，正申请退出，在等院里最后批复。你知道这种“人命关天”的事，领导肯定会批准。你只能在好友列表里继续寻找玩伴。

你看到叶楚潭的头像。他也不坐班。他和你关系匪浅。那天开完会，他不是还送你回家吗？他愿意再陪伴一次刚刚离婚的你吗，也许是最后一次？你犹豫、纠结，最后还是点开他的头像，发了条用词相当客气的语音消息，又提了几个景点，有北海、后海和南锣鼓巷。你主动提出全程请客，还补了几个大大的笑脸表情。你对他并无情感上的奢望，只希望他能念在过往的情分上，在你最脆弱的时候再扶一把。

回复来了，一个无可辩驳的理由。他说，关美玲吃不惯学校食堂，所以自己不返所的时候，都会在家做好午餐送去，通常早上十点开始准备饭菜，十一点出发，到学校时美玲刚好下课，而现在已经八点半了，实在来不及赴约。

到底有没有送饭这回事，或者这事是否就那么重要，已经不是关键。在你和关美玲之间，叶楚潭明确无误地选择了后者，一丝缝隙也不给你留。你有点失望，但又隐隐欣慰。他做人毕竟还是有分寸的。如今你过得一塌糊涂，他不愿蹚浑水，也在情理之中。

你起床，梳洗，决定独自出游：从南锣鼓巷和后海开始，一直往南去王府井。你出了小区南门，沿着香饵胡同一路向西，穿过交道口南大街，进入菊儿胡同，胡同口的荣禄府还是当年模样。那时你刚到北京，第一次来南锣鼓巷，公交车坐过了站，也是走的菊儿胡同这条路。

快到南锣鼓巷时，你看到路边立着蓝色施工隔板，地上还铺有厚铁皮，这才想起南锣片区正在封闭整修。你走到路口，南北各一张望，只见巷子中到处堆着青灰色的长地砖，裸露的黄土路上铺着绿色防尘罩网，路旁排列着红黄两色的隔离墩。店铺或被隔板包围，或被脚手架攀附，偶有没整修的也都关着门。几乎不见游客模样的行人，只有环卫工人和建筑工人在清理垃圾、搬运建材，间或有几个胡同居民匆匆走过。

冷清的街道让你备感失望，一时大意的后果是白跑一趟。你想起那次搞毕业活动时街面上的繁华。吉士果、鸡蛋仔、大薯条、冰激凌、泰式奶茶、玉米汁、奶酪、大鱿鱼、墨鱼丸……一切仿佛近在眼前，触手可及。但这还不是最热闹的一次聚会，你更怀念师兄师姐们都在的时候，尤其是韩沛也在——即使那记忆笼罩着陈妍的阴影。

你朝南走，认出了那家旗袍店。你还记得，当时陈妍非拉着韩沛进去，在自己身上比划旗袍，向韩沛撒娇，韩沛连夸好看，甚至打算一口气买几套，她却口风一转，说这里卖得贵，回家到网上慢慢挑吧。你不禁腹诽，觉得她就是在故意显摆。一个富家千金，秀完身材秀节俭，真是面子里子都有了。最可恶的是，男生们还挺吃这一套。韩沛早就被勾了魂，你回天乏术，可叶楚潭居然也看得入迷，让你气不打一处来。你噘噘嘴，没说话，心里却相当不快，没少给那小妖精暗暗翻白眼。

你继续走，找到那家网红奶酪店。以前店门外常挂着“数量有限，售完即止”的告示牌，如今牌子上换成了四个大字：暂时歇业。

旁边的一家门脸装修成欧陆风格，似乎是个小酒吧。你有点疑惑，南锣鼓巷是要和后海酒吧街抢生意吗？你又看到那卖纸扇的老店铺，橱窗里的工艺品依然漂亮地道。

走过十来家铺面后，你发现多一半店铺还是老样子，无端地给了你一点安心感。有家新开的店，门口没挂牌匾，外墙也只刷了一半。你看着老式木框玻璃门上的两排彩字——“副食、冷饮、糖果，杂货、玩具、服装”，轻轻摸了下仿古门把手，情不自禁地走到挂着“回忆童年”横幅的落地窗前，端详起窗内老式木架上摆放的物件。

——啊，这种大喇叭收录机，能听磁带和电台广播，和爸爸的那台一模一样！小时候电视上还有它的广告：一个人边跳边唱，“燕舞燕舞”。用下角那个大旋钮就能调动红线找电台。“小喇叭开始广播了！嘀嘀嗒，嘀嘀嗒，嘀嘀嗒，嘀嗒！”我总缠着爸爸一起听。唉，后来爸爸走了，幸好收录机给了小叔用，不然就会被那个女人抢走。初三毕业那年，我拿到高中录取通知书和缴费单，跟家里说不想读书了，要去赚钱。小叔打了我，又抱着我哭。他卖了不少东西给我凑学费，其中就有这台收录机。之后他去了南方，说要赚大钱回来，给爷爷治病，也供我上学。每个月他都能汇两千多元钱回来，赶上以前半年多的收入了。快到春节了，小叔说那边人少，工价高，有个很赚钱的活，他就不回来过年了。然而之后他再没音信，托人到处打听，还找过收容所，都找不到他。爷爷不再去医院，最后喝药走了。小叔到底去哪里了？发生了什么事？如果他还在的话，不会不联系家里呀……

——铁皮发条青蛙，小时候我也有一个，是爸爸赶集带回来的。后来爸爸走了，我带去幼儿园，好像爸爸一直在陪着我。一个小男孩抢走了青蛙。小叔来接我，我就哭，说爸爸没了，他追上去找人家要。那孩子把青蛙丢过来，骂我是没爹的野种。小叔火了，和他的家长吵起来，还打了一架。小叔真的很护着我。要不是爸爸走了，那女人跑了，他也不会辍学吧？他成绩不错，又在县里上高中，如果考进大学，人生肯定大不一样，也许读博士、留在北京的应该是他。唉，小叔。奶奶走了以后，他们强销了你的户口，我守不住老房子，又没钱来北京，只能让他们捡了便宜……你回来后不会怪我吧？

——老式台座电风扇，军绿漆，那年代算“三小转”之一了。大方块底座，支架撑着电机，伸出三片扇叶，笼在铁罩子里。漫漫长夏，除了冰棍，就靠这个降温了。底座上那排按钮很硬，我按不动，要拿小积木敲下去，被奶奶看到就会说，又不爱惜东西了。唉，奶奶，我还是离婚了，没听你的话，可我跟他实在是过不下去。我知道你想给我找个好婆家，村里出来的能嫁到县城里，还是那种人家，多不容易啊。可如今是新时代了，奶奶。你不一定懂，我也不知道该怎么和你解释，但我注定学不来那种旧时代的“妇道”。

——缝纫机，这算在“三大转”里吧？爸爸买的那台比这台大一圈。脚在桌面下一踩，上面飞轮就转，线轴摇着脑袋，针头上上下下地走出各种花样。那女人改嫁时带走了。哼，你就去给他们踩吧！

——毛主席半身像，白瓷的，家里也有一个，垫着红布摆在床边。那年暑假，小叔失联半年，家里揭不开锅了，奶奶带我去掰玉米赚钱。掰完了，奶奶送玉米去场上晒，叫我先回家。一进门就看见爷爷躺在床上不动，脸已经紫了，床边有个农药瓶，1605。爷爷，那时候我已经懂事了，知道你走了，但后来才知道什么是癌症，什么是晚期全身扩散。还记得你最后一次从医院回来，说病快治好了，不用再看大夫吃药了。唉。

——小花伞，和爷爷从城里带回来的一模一样！他说城里孩子都玩，是最时髦的玩具，装好电池挂起来，八音盒会响，下面镶亮片的小网兜还能张开，像伞一样旋转。那时候我没几个漂亮玩具，小花伞就成了我最爱的宝贝。那天晚上，爸爸说大姑要出远门，很久才能回来，让我去道别。我想送大姑一件最好的礼物，就带上了小花伞。大姑，我当时什么都不懂，不知道那是最后一次见你。大家都不说话，你躺着，脸很白，依然那么漂亮。表姐缩在床脚，低着头。你叫她过去，母女俩抱在一起，突然都哭了。我把小花伞留下就回家了。下葬的时候，他们没叫我去。姑父被关了好几个月，回来就带着表姐走了。我上初中那年，他把自己的爸妈也接走了，再没回来过。唉，你和表姐的照片应该还有吧？前几天收拾东西搬去晓晨那儿寄存，我还见过那本旧相册。你叫什么来着？程丽……程丽萍，对，是丽萍。爷爷给我取了和你辈分相同的名字，因为我是长孙女。也许这就是命吧，后来我也成了爷爷奶奶的孩子。小叔程青杨，爸爸叫程青松，还有爷爷奶奶的名字，我可不能忘，或许我真是程家最后一个人了。记得后海边上有座广化寺，一会儿去给你们上炷香。

——老式暖水瓶，过去全国都用一个模子，粗圆筒，刷层漆，再画点花鸟鱼之类的。家里有一对，后来那个女人拿走了其中更漂亮的、有朵大牡丹的那个。她带我去她的新家，我不说话，也不理那个男人。她就骂我，要我做这做那。有次喊我拿暖水瓶去厨房，我故意摔了它。对，我就是故意的！那是爸爸买的，是我家的，是你不要爸爸不要家了，凭什么还拿东西走？她打我，说给我机会我不要，留不得，赶我回去。谁稀罕呀！

——老式手电筒，铝制的，头上顶个花洒般的大灯罩子。还记得筒身很薄，一摔就瘪，一瘪就放不进粗大的1号电池。那时候小叔摆摊，被几个收保护费的恶霸围着打，就是用这种手电筒还击的。摔瘪了，再一点点敲回来，我帮他修过好几次。

——小人书。爸爸买过不少，四大名著，还有《铁道游击队》之类的，都被那个女人拿走了，说什么女孩不用读书。对了，当时村里有个老头子，脑壳有问题，总拿着小人书找小女孩，谁让他摸就给谁一本。后来他把邻村一个女孩糟蹋了，赶上严打，判了个死缓。

——搪瓷痰盂。爷爷抱着这个整夜吐血，还说自己的病快好了，等把毒血都吐完就好了。唉。

——树杈弹弓。爸爸刚走那阵，村里几个小坏蛋就用这个打我，说我没爸爸，妈妈也跑了，是个贱种。那时候我只会哭。带头的那个前几年犯事，进去吃牢饭了，活该！

——转盘电话，村委也有。那次过年前小叔打电话来，我去村委办公室接，就是用的这种旧电话。那是最后一次听到小叔的声音，好像有点哑，是病了吗？唉，我这个人真没心。

——白帆布鞋，上学时常穿。那时候没钱换新鞋，就反复洗，发黄了就用“吊白块”抹。高中那会儿，一个年级排前几名的女生嫉妒我漂亮，往我鞋里塞玻璃碴。后来她考上了985，哼，没天理。

——金属玩具车，跑车、老爷车、卡车、警车、消防车，真全啊。现在看很普通，当年真是新潮东西，都是出口的。在那女人家里也见过，那个“弟弟”不许我碰。

——日本动漫卡片，小时候大家都玩，五毛的、一块的，一块五甚至两块的也有。男孩玩得多，七龙珠、圣斗士什么的，不过也有给女孩玩的，好像是美少女战士吧。当时我偷偷省下饭钱买了几张，跑去和他们拍卡片，连玩法都没闹明白就输光了。我不敢回家，蹲在院墙外哭到晚上。小叔出来找我，问明白后，说带我去买新的。我不要，最后买了几支自动铅笔。

——卡带游戏机，也不知道有什么好玩的，就那些黄黄的小盒子，男生们借来借去，聊起游戏没完没了。如今倒是不玩这个了，全改成网游手游什么的。王孝承，你废物。

——硫黄皂，奶奶洗衣服常用，后来我住校时也用。上大学后才在洗衣房见到洗衣机，用一次得几块钱，真贵。租房后总算有了自己的洗衣机，不过听说这次去砂阳后还要下村，不知道生活条件怎么样，是不是又要手洗衣服了？

——印标语的搪瓷茶缸，爷爷有好几个，参加老战友的活动时发的。爷爷就是吃了没文化的亏，要是当年转成干部，待遇会完全不一样。唉，如今不还是这样？没有文化，别说进体制，连工作都找不到。

那些是小零食小玩具吗？

你俯在玻璃上，拢起手遮住反光，但依然看不清室内的陈设。

你失望地用指尖划过窗框，退后两步。离开怀旧商店，你继续向南，走过一间间歇业的店铺，思绪依旧沉浸在过去的时光：父亲死后，那个女人凶狠地抢夺所剩不多的财产；小叔辍学后到处打工赚钱，辛辛苦苦养活一家老小；爷爷死后，你又说不念书了，也要去打工，被奶奶狠狠打了一顿……

走到中戏实验剧场前，从剧场大院里蹿出来的两只猫拦住了你，一只大三花，一只黑白蛇纹，围着你转圈叫唤。你手头没吃的，只好拍拍它们，继续往前走。你望到南面不远处有一排高大的栅栏封路，便拐进帽儿胡同向西而行，经过可园、冯国璋故居、婉容旧宅，直到地安门外大街。

万宁桥上，你在清冽的风中望向后海。

砂阳肯定没有这样的水景吧？那年来玩，你和师兄同坐一条鸭子船。他踩踏板，叶楚潭掌舵，你和陈师姐捞水草，一起去野鸭岛喂鸭子。那些鸭子还在吗？是不是过冬去了？当时都说那些鸭子好福气，能住在景色这么美的地方。

你穿过马路，心中规划着接下来的行程：先逛烟袋斜街，再进广化寺上香，穿银锭桥，绕后海北岸去荷花市场和北海，最后乘地铁到王府井轧马路，晚上聚餐。

8
AB

8A

2024/2/9
除夕
21:00

依兰还在看游戏春晚，美玲也玩起手机，娘儿俩都四仰八叉地躺着，把我挤到沙发边上。我只好抱着笔记本电脑转移阵地，换到依兰玩积木的小方桌旁，小心翼翼地坐上她的儿童板凳。

我正打算继续查资料，写讲话稿，却发现师门群里跳出几条消息，是陈师姐在张罗聚会。张老师过世后，陈师姐和方师姐就成了师门活动的联络人。前年方师姐在疫情中生子，又感染了新冠，元气大伤，所以近期都是陈师姐挑头了。去年年底她组织了一次，结果不少人怕入冬后疫情反复，没有去，当天到场的除了她自己，只有我和张师妹，一共才三个人。今年形势转好，师门重聚的事又被她提上日程。

师门的最后一次大聚会，还是在2020年1月中旬。大家在觥筹交错间已经有了共识——既然出现医护感染，那肯定会人传人，而且类SARS病毒就意味着传染系数不会太低。我时常想，这大概就是张老师的某种先见之明吧。他招的学生都是理工出身，即便统统转到社科，逻辑思维的底子还在，信奉客观事实，研判时轻易不会受到其他因素影响。

多事之秋，一动不如一静，我也就没回相距不远的老家，留在北京过年。和美玲家的亲戚聚会时，发现在这些老北京的认知里，疫情并不可怕，他们更关心的还是房价的涨跌。当时北京的房价的确已经疲软，涨不上去了，坊间弥漫着一种诡异的焦虑。

如今回头看，这世道确实魔幻。在人类面临历史剧变之际，京城的黔首们最关心的依然是房价。他们在饭桌上交换各种房地产的小道消息，诸如李嘉诚抛售资产的含意、房产税最新进展、金融系统评估房地产风险的内部传闻、学区划片最新动向、美国加息对中国房价的影响……氛围像极了房地产行业峰会。

我一向不看好眼下的房地产行业模式，但作为结婚却没买房的外地女婿，终归没什么底气说实话。在美玲家的老北京饭局上，我便充作局外人，只听不说。若有长辈发问，我就以晚辈该有的姿态装糊涂，再请教一番，满足他们指导年轻人的说教欲望。作为长期研究大战略的学术型“人才”，我在宏观问题上其实更有发言权，但只能三缄其口，任由老炮们发挥。毕竟，他们是老北京、老资格，讲的都是老规矩、老道理，还经常抬出某些老关系、老朋友佐证自己的观点。我一个外来者，还是做个谨小慎微的林妹妹才对。

相形之下，同门间对房地产的看法更加务实坦诚。程丽娟挂职回来，就说房地产快崩了。她在西部一年，跟随挂职团对当地和周边地区进行了“微服私访”式的调研，发现连经济欠发达地区的社会杠杆率都令人惊心，其中房地产占比颇高，随时有触发债务危机的风险。韩师兄那时已经转向企业战略咨询业务，对金融和地产等方面做的调研也显示情况不容乐观。陈师姐去考察边疆地区的通信基础设施，在一个西部口岸亲眼目睹国境线上成片的楼宇，界碑内是钢筋水泥丛林，界碑外是邻国的茫茫戈壁，她说顿时就理解了“魔幻现实主义”这个词。总之，大家都觉得盲目加杠杆和金融炒作已岌岌可危，但人们却像着了魔一般，完全不顾忌资产价格越来越脱离实体经济基础和社会承受能力的隐患。

我想，房地产泡沫破灭，几乎是必然的结局，和诸多社会突发因素没有太大关系，因为历史规律不以人的意志为转移。即是说，价格围绕价值波动，有涨必有跌，或者说得更通俗些，一棵树不管是什么品种，都不可能长到天上去。不过，我的确能理解大多数人的思维定式。虽然每个人在读书时都学过“外因通过内因发挥作用”之类的辩证法，但有多少人能在实际生活中不受外界干扰地运用这个规律呢？尤其在百年未有之大变局的时代，让人们承认自己跟不上形势、错判形势，在错综复杂的变化中迷失了自我，无异于要他们承认自己犯了大错，只能由自己承担主要责任。人性总是倾向于回避自我批评，总是不愿意承认自身有问题，更乐于指责旁人或环境来为自己开脱。在五花八门的借口中，“从众”可能是最常见的，几乎没人反思过“从来如此，便对吗”这个问题。

在我走神的工夫，微信窗口又跳出几条新消息。方师姐回应参加，并建议约个交通方便、距离大家都不太远的地点。钱师兄说自己预计初三回京，之后都有时间。我虽然不清楚岳母那边何时聚会，但想大概冲突不了，便也回复参加——就算真冲突了，也得赶个半场，和大家见一面。

说实话，我还是更喜欢师门的新年大聚会，都是自己人，又是同辈，没那么拘束。2017 年第一次组织没有张老师的聚会，那年人最齐，只有程丽娟因为挂职没有参加。直到 2020 年，大聚会每年一次，能来的基本都会来。随着大家年岁渐长，重启大聚会实属不易。在这个人人戴假面具、说场面话的环境中，也只有“三大铁”这样的关系才能让人卸下些许防备，无须借酒精掩饰地说点真话——如今说真话实在太难了。我曾和程丽娟讨论过这个问题，她说自己在下基层时就发现了，真话被一级级地削减。她劝我想开点，说了一句阿拉伯的谚语：“讲真话的时候，一只脚要踩在马镫上。”

我近几年才明白，作为一个习惯说真话的“谋士”，自己是多么不受人待见。我曾经信奉“吾日三省吾身，为人谋而不忠乎”的古训，谁来找我拿主意，我都尽心尽力地规劝，然而最后却一次次闹掰。

第一个是堂弟。2016 年他在宁波打工，看到外贸好做，便打算和几个朋友开亚马逊网店、做海淘，来找我借二十万。我的小金库里勉强凑得出这个数，但我并不看好这种创业模式，于是劝他不要做。当时我听研究国际关系的同事说，中美摩擦可能升温，美国两党在中国问题上正在合流，未来有产生科技战和贸易战的风险，甚至升级到新冷战也未可知。我据此提醒堂弟，眼下恐怕不是在彼岸做外贸的好时机。我和他在微信上聊了一个多小时，又打了半个小时电话，堂弟最后得出结论：我无非是不想借钱，还找了一大堆借口。他仍然和朋友搞起了境外电商业务，很快遇到亚马逊 2018 年情人节封号事件，损失惨重。2019 年，他把基地转移到深圳，从头来过，最终在亚马逊 2021 年刷单封店潮中折戟沉沙。当时三伯还通过我父亲传话，托我在北京找门路，让美国人还堂弟的钱。我怎么可能办到呢？只好建议他们等待当地政府处理。结果三伯认为我故意见死不救，还去爷爷那儿告状，闹得大家很不愉快。

第二个是本科室友。他一直在南京发展，2018 年开春时，突然问我对房地产的看法，隐隐有炒房之意。我一向不看好房地产，尤其是炒房行为，但当时全民炒房已进入癫狂阶段，新兴的自媒体更是推波助澜，大搞焦虑营销，任何看空房地产的人都会被无情地嘲笑。在这种形势下，我很纠结该怎么回复他。于情，他是睡在我下铺的兄弟；于理，我不能像不良媒体那样为虎作伥。最终我做了回“诤友”，挑明说切勿盲目投机楼市。他听后似乎不太高兴，因为身边的同事朋友几乎人人炒房，每个人少则手持两三套，多则五六套，唯独他还是初到南京时那套老房子。我劝他，如果是自住改善，卖一换一是可以的，加点钱也无所谓，但如果目的是投资，就不要入场了，因为杠杆太高、风险太大。最后他口头上说相信我，要再观望一下。一转眼到了夏天，他找我借十万，要凑钱参与南京楼盘的打新。当时南京等地已接连出现打新冻结资金导致的网贷平台爆雷，我以此劝他，说市场上流动性紧张，全社会杠杆率几乎到了崩溃临界值，楼市极不正常，不要再进去了。他很不高兴，言语中颇有我年初耽误他赚钱的意味，还说炒楼搞垮了网贷，更说明楼市稳。我知道和他解释不通，又实在不想失去这个兄弟，就以美玲管得严、私房钱所剩不多为由，只借给他两万多。当然，这钱我就不指望他还了。他也的确没还——他在疫情中失业了，房子的月供还不上，老婆还闹离婚。他又找我借钱救急，我借了他一万多，宽慰他说，眼下大家都困难，等熬过去就好了。这次我说了假话，心里很清楚，该来的逃不掉。当我看到连经济救助政策都被房地产利益集团扭曲，用作炒房手段时，我知道楼市死透了——连救命钱都敢抢的行业不会有好下场，也不该有好下场。后来，听别的同学说，他去年离了婚，手里的房子价格腰斩，被法拍后远不足以偿还各种欠债，他成了失信人。去年年底我给他发新年祝福，却发现自己已经被他拉黑了。

第三个是表舅，依然是为房地产闹掰了。我记得很清楚，2021 年 7 月，表舅在亲戚群里鼓动大家买 × 大的股票和理财产品。我也是多事，怕我妈被忽悠，立马回复说 × 大就快完蛋了，绝不能碰 × 大的任何产品或资产。表舅立刻用 × 大董事长在月初出席隆重庆典来反驳我，说 × 大稳得很，上头一定会保，不会让它垮。我觉得这逻辑十分可笑，又不好直接反驳，就把一份楼市风险报告转到亲戚群里，提醒他小心股债双杀。表舅又说，这是外部势力恶意做空，妄图打垮中国经济。这时我妈来私信，勒令我不要在亲戚群里和长辈吵架，于是我只能放下一句话："不管位置多高，该出事一样会出事，经济规律不可逆。"之后便关了群消息提醒，不再看它。前一阵我妈说，表舅刚建仓就赶上 × 大爆雷暴跌，他却坚信 × 大"大到不能倒"，找亲戚借钱加仓抄底，又通过民间借贷和信用卡套现搞钱，从每股港币十元的价位一路加仓到一块多，直至停牌，还逢人便吹，等 × 大重组成功，开盘后会涨几十倍、上百倍。去年8月底 × 大股票复牌，开盘暴跌百分之八十后持续走低，表舅亏得裤子都不剩，还欠了许多外债，包括民间借贷和信用卡套现的钱，最后他只能跑路。据说跑路之前，他还怪我当初说得不好听，害他触了霉头。表舅妈被追债的逼急了，把手头的钱凑了凑，又卖了首饰和车，把民间借贷的部分还了，信用卡那边就勒紧裤腰带按月还最低额。至于亲戚的欠款，她承诺等楼市行情好点就卖房还上。我是觉得，她这辈子恐怕也无法兑现诺言了。

得罪这么多亲友，全是因为我不懂“难得糊涂”。我做人的原则一直是，如果有人来讨主意，要尽量做好风险提示，就像在智库工作时预判形势、预警风险一样。但实际上，私人关系中这种业务逻辑行不通，使我屡屡碰壁还不知道转弯，直到最近看到一句网络流行语，才如梦初醒，那句话是:“放下助人情结，尊重他人命运，是什么认知就该配什么苦难。”这个观点在网上传播很广，多配有案例分析，比如袁绍杀田丰、曹操杀华佗，以及现代一些好心遭雷劈、恩将仇报的事例。我这才明白，自己真是在象牙塔里待久了，固守的那套旧式价值观已经不适应现代社会的变化。助人是对自己的道德要求，属于个人修养，他人和社会对此作何种反馈，是完全无法预料的，可能投桃报李，也可能农夫遇毒蛇。在现代化的陌生人社会中，后者并不少见。我终于理解了一位老同事多年来的观点——现代人都巴望即时回报，如果不确定能得到正面反馈，那么干脆扭头就走，不付出一点沉没成本，俗称“不见兔子不撒鹰”。老先生自是历尽沧桑，如今我快到不惑之年，也不免品出了世事的苦涩。

现在我只管自己小家和两边父母的事，懒理他人瓦上霜，省得自找不痛快。美玲这一点还好，讲道理、肯听劝，她听了我的话，再去劝自己的父母，躲过了不少骗局和风险——在我看来，很多陷阱只需略具常识就可以避开。

群里又有消息：张师妹要参加，王师兄也说尽量赶来北京。韩师兄提议，按惯例去他家的别墅，或是陈妍家公司在城区的办事处。陈师姐建议大家都带上孩子，毕竟三年未聚，下一代长大了不少，也该见个面互相认识下。我不禁想起，她当年在聚会上半真半假地说，如果将来孩子们不好找对象，干脆就师门里换亲，互相做亲家得了。印象里，这应该是程丽娟挂完职回京，正赶上韩师兄置办别墅的那年。

2018/1/20
周六
11:30

你结束挂职回北京时，师门里就打算聚一次，好为你接风，但正值年底，大家的时间久久凑不上。元旦过后，韩沛也调回北京，又喜迁新居，大伙便决定把两次接风和新年聚会合起来办，地点就定在韩沛新买的京郊别墅。

原本你打算上午和张晓晨坐方婷婷新买的特斯拉电动车过去，但周五晚上一项紧急任务让你不得不留在所里，通宵完成一份重要文件，直到天快亮才睡了一会儿。你赶着早班把文件送审盖章，再按保密规定亲自投送到几个对接单位，先后去了台基厂、万寿寺、厢红旗，最后在北大东门外上了许慧的顺风车。

“娟儿，你也太拼了吧，一上午跑这么多地方。”陈绣芳坐在副驾上说。

“唉，没办法，单位保密传真机出问题了，又必须午前送到。”你靠在后座上应道。

“昨晚上真没睡啊？”许慧问。

“五点多在办公室里睡的，眯了两小时。唉，现在全身快散架了，得躺会儿。”你倒在后座上，合起眼。

“这熬法，再折腾几次就进医院了。”陈绣芳说，“有些事该甩包袱就要甩，要不人家用死你。”

“没办法，这个新项目现在就我一个人做秘书，刚开头，好多事没理顺。”

“要我说，你还不如调到韩沛那边去呢。他那儿不是新成立什么智库论坛吗？条件挺好吧？”许慧扳了下后视镜，从镜里看你的脸。

“好像叫……科技战略联盟五十人？听说陈妍家还赞助了不少钱呢。”你依旧闭着眼睛回应，心里却在想，那可是陈妍的地盘。

“反正跟你做的差不多。他现在是副教授，还评了个‘领军青年才俊’，配了助理，下面又有不少学生用，起码不用自己受累。这年头，所有单位一般黑，你能干就一直让你干。你又不是搞行政的，何苦呢？”陈绣芳说。

“唉，师兄的上升速度我可比不了，而且那边门槛挺高吧？我挂职期间研究成果也不多，在所里刚够工作量。”

“那也不能让他们拿你当生产队的驴使唤，身体垮了自己受罪。小慧，过去还要多久啊？”

“我瞅瞅导航……后沙峪，大概半个小时吧，不过五环和京承高速可能会堵，不好说。”

“没事，开慢点，让娟儿多睡会儿。她今天也是主角，晚点没事。”

“我睡半个小时就行，没问题。”

“唉，还真不如继续挂职呢，挂职都没见你这么累。小慧，你车上有没有柔和点的音乐？给娟儿养养神。”

“没事，师姐，我带无线耳机了，用手机就能放。”你说着掏出耳机，给扭过头的陈绣芳看。

“也行。要是觉得热，你就把大衣解开点，不然出汗了再一凉，容易感冒。”

你拉开大衣拉链，的确舒适了些。你很快睡着了。

你们仨是最后抵达别墅的一组。许慧开车拐到别墅门口时，钱一帆和方婷婷的车已经停在车库里，大门外还有一辆商务车，韩沛母亲正在车旁和众人告别。你们在路边下车，一起赶过去。最先迎过来的是陈妍。她招呼着你们，解释说婆婆有事要出门。

陈绣芳赶忙拉上你和许慧，向韩沛母亲道别，之后和师门众人寒暄。除了大师姐和二师兄，你还看到了王浩、张锐、张晓晨和叶楚潭。不出你所料，大师兄没来。

韩沛母亲走后，陈妍又招呼你们三人绕别墅参观。这栋别墅位于景观湖南岸，主体为占地面积约三百平米的美式双层小楼，后院布置有小花园、喷水池、大秋千。此别墅最为精妙之处，在于小花园北门正对着二十米开外的湖边码头，内外景致几乎融为一体。

陈绣芳扶着花门，望向湖上的冰面：“这位置真好啊！在城边上，空气好，还有湖。这房得卖几千万吧？”

“总价确实不便宜，不过还是有点优惠的。房东在国外，不打算回来了，在处理国内房产，回笼资金，我们算是捡漏。不过目前只付了一成定金，算是半租吧。等沛沛那边办完人才手续，户口落下了，再交割过户。”

“最近房价涨得挺狠的，万一后面又涨了，房东不会反悔吧？”许慧问。

“合同上已经确定数额了，如果差价太多的话，我们国外的分公司会想想办法，给他在外面补点差价。”陈妍顿了下，“不过沛沛觉得后面房价不会涨多少了，他说快到头了。”

“师兄也这么想？那可以等等再买啊。”你说。

“主要是这位置确实不错，而且卖得急，有让价，心想别错过了，何况买下来就省得来回折腾看房子了。”陈妍回答。

“既然回北京了，以后你还往国外跑吗？”陈绣芳问。

“唉，再忙几个月就不去了。现在业务上也主要做国内，我弟已经能接手了。”陈妍说。

“你们也受贸易战影响？”许慧问。

“影响有点大，不过前两年我爸听了沛沛的，已经开始往回撤，暂时没多少损失。现在就是维持着，说不定哪天也会上什么清单，就做不下去了。”

“杨老师出去做什么？”你转了个话题。

“婆婆接到电话，说是同行们搞个茶话会，下午聚一下，晚上再吃顿饭。”

“听说她要评院士了，真的假的？”许慧接着问。

陈妍笑答：“没传的那么厉害。每年科技进步奖一出来，就会有这类说法。”

陈绣芳拽着花门上的枯叶说:“至少够格了。国家奖也拿了两次，升了正院长，一鼓作气，努努力呗。要能评上院士，那就是部级待遇，说话特别好使！”

“是呀。你爷爷和他爷爷年纪都不小了吧？要是你婆婆能当上院士，将来家里就不愁上面没人了。”许慧说。

“唉，那当然好，可是……”陈妍犹豫着，岔开了话题，“咱们回屋里说吧，外面冷，今天是大寒呢。”

你跟着陈妍从餐厅侧门进屋，见韩沛等人正在准备午饭。你们打过招呼，又跟着陈妍在室内参观。

一楼最大的房间即是北侧的厨房兼餐厅，约九十平米。出餐厅向南，是十多米深的中庭。中庭西侧由北至南依次排列着保姆房、门厅和车库，东侧则是小厅、平行双分旋梯和卫生间。 8B

二楼是卧室和书房，再往上是阁楼。地下室则辟作娱乐区，中庭里摆着台球桌、几张单双座沙发，北侧房间堆放闲置的家具，南侧靠墙处则立着一架三角钢琴。楼梯两侧各有一房间，靠北较大的是运动室，靠南较小的是影音室。楼梯对面依次排列着天井露台、设备间和洗衣房。

经过一楼楼梯口时，你稍退一步，转头看向二楼上行平台，注视墙上的油画。那是一幅直径约一米的圆形肖像画，人物分明是披着青色斗篷并以薄纱盖头的陈妍。画作并非现代风格，反而透着文艺复兴早期的圣像画样貌——微微低垂并透着失焦感的双眼、平静得几无表情的面庞、比蒙娜丽莎更具微妙含意的嘴角，让人物笼上一层神秘而又圣洁的氛围。

“它本来是圣母像。”陈妍凑到你身边说。

“啊，难怪不像是现代的。刚才下楼时看了一眼，就觉得不太寻常，这画里是你吧？”

“是啊。原本它是波提切利的圣母像，就是圣母抱着基督，旁边有施洗约翰和天使的那一幅。沛沛总说那是世上最美的圣母，比海中诞生的维纳斯甚至蒙娜丽莎更美。然后有一天，他神神秘秘地带回来这幅，用好多层纸包着，让我猜是什么。我当时还以为是风景画之类的，打开一看，才发现是我的面孔。他托朋友找央美的油画老师定制的，画了圣母的轮廓，再换张脸，然后把头上的光圈拿掉了。”

“嫂子在师兄心里的地位很特殊啊。”你淡淡地笑着。

“他非要挂在一进门就能看到的地方，搞得我压力山大。你觉不觉得……”陈妍叹了口气，“唉，男人都有点长不大。”

“也许就像老话说的，‘男人都这样’吧。”

你们同声同气地笑起来。

你知道——你永远成不了他的圣母玛丽亚。

9
AB

9A

2024/2/9
除夕
21:25

那次聚会上，我发现程丽娟变化很大。她晒黑了，性情开朗了，体格也结实不少，不再有以往弱不禁风的情态。此外，她最大的变化，就是对韩师兄尤其是对陈妍的态度。我不知道别人有没有注意到，但我在这方面一向敏感。她以前对陈妍总是不冷不热，有暗中较劲的味道。如今，我完全看不出她对陈妍还有什么芥蒂。午饭前，她和师姐们跟着陈妍参观别墅，有说有笑的。后来她又和陈妍单独在客厅聊了一会儿，我偷瞄好几次，发现她们对话的气氛相当和谐。

她面对韩师兄的神态也明显轻松多了，不再有那些看似幼稚古怪的举动。当然，她对我的态度更是“等闲视之”，当时真让我有点不适应。大家都说她变了，尤其是张师妹。当时创新院的福利房延期交付，程丽娟就和张师妹合租，住在一起有两个月了，所以张师妹对她的观察最细。

饭桌上闲聊的话头，由张师妹新处的对象开始。这段姻缘是程丽娟“让”出来的。男方条件挺不错的，985数学出身，搞密码学，读硕时转行做信息安全行业，有自己的公司，正在办高新人才落户的手续。整个故事说来话长，程丽娟讲了好一阵。

简单来说，就是程丽娟挂职期间住办公室不方便，便在城里和三个男同事合租了一套大房子，作为据点。因为调研总是受到地方交通的制约，后来一个同事就买了车，于是他们和当地干部一样可以经常回城了。在城里居住时，作为唯一的女性，她在方方面面表现出“持家有道”，而那三个男同事要么已婚，要么也有了对象，望花兴叹之余，了解到她之前婚姻的不幸，便纷纷说回京后要给她介绍对象。去年年底，他们果真陆陆续续发给她几个青年才俊的简历，供她挑选。她看到其中一人的籍贯和张师妹老家邻近，个人条件也很不错，干脆推给了一直找不到对象的师妹。后面的故事，就颇有点套路的意味了——程丽娟假意约会见面，让张师妹以闺蜜身份作陪，饭局中再假装单位有急事要先走，事后说两人不太合适，顺理成章由张师妹接上。

程丽娟接着又讲了不少挂职趣闻，有个故事让我印象深刻——她和同事去当地一个小领导家做客，亲眼看到那家的儿媳妇卑躬屈膝地服侍全家。一进门，那女孩就跪着给客人脱鞋。宾主在客厅闲谈时，那女孩是唯一站着的人，低着头立在丈夫身旁，一句话也不敢说。大家吃饭时，女孩不被允许上桌，只能在厨房里单独吃。程丽娟讲到这里时很感慨，说那小领导也不是什么大官，正科而已。女孩出身农家，大专学历，不过长得极漂亮。我立刻明白她联想到了自己。之后她果然说，还好当年被张老师收留，如果回老家结了婚，没准在王家也是如此下场。

大家吃饭时又谈起经济形势和社会状况，她的观点也相当犀利，能举出很多基层案例。还记得她当时就很敏锐地指出，出生人口将会迎来断崖式下跌，因为砂阳地区是七十年代第一批计生试点，如今人口形势很不乐观，以此推论，全国的人口拐点几年之内就会到来。她甚至还出人意料地讲了个荤段子：挂职团私下走访时，一个村民小组长告诉他们，如今生养负担太重，农村已经普遍没有多生多养的观念，促生光靠宣传和小额奖励根本没用，除非像当年上门结扎一样上门“推屁股”。大家笑不可支，我倒觉得，能面不改色地讲出这样的俚语，足以说明程丽娟不只是外表，连精神上也不再是不谙世事的书生，比我成熟多了。

如今想来，我并不习惯她当时为人处世的风格，总觉得离我越来越遥远。我依然倾心与留恋她当年刚入学的模样，青春靓丽，又带着点淡淡的哀愁，即使那时的她并不快乐。是的，我只是一厢情愿地迷上了那个青春幻影而已。

“嘿，喂！”美玲招呼我。

我扭头一看，依兰已经睡着了。

“抱进去吧。”美玲说。

“待会儿吧，万一她又醒了呢。”

“你看这连串口水，都睡成猪了，且醒不了呢，肯定一觉睡到早上。”美玲拍了拍依兰的脸，丝毫没有反应。

“你抱她上床吧，我正要写稿呢。”

“大过年的写什么呀。”美玲凑到我身旁，捏了下我的脸，飞个媚眼，“要加班也不该加这种吧，大公猪？”

美玲在孩子睡着后喊我“大公猪”，从来就只有一个意思：催我“交公粮”。这词她从当年一直用到现在，和我的体形没有任何关系——其实我当年很瘦削。那是第一次成事之后，她盯着我，突然蹦出来一句：“老娘守了这么多年，居然让你个大公猪给拱了。”暗语就此诞生。

“怎么，你还想来场跨年大战？”我看她兴致盎然，便顺着话头挑逗一番。

“就你？行吗？”她语气怀疑，笑到翘起的嘴角却彻底暴露了内心，“你赶紧洗洗，我先把依兰抱进屋。”

我合上电脑，把电视静音，去卫生间淋浴。这种事，我和她做了八年。

八年了，虽谈不上情深意重，我们竟也没什么变故地把日子过下来了。

我和美玲第四次见面，或者说，第一次以结婚为目标正式约会时，我问她，作为一个北京女孩，她到底看中我这个外地男哪点？原以为这个直白的问题会让她尴尬，她却反问我，见了四次面，难道我还不知道自己身上有什么优点？我让她说，她竟毫不客气地一一道来：我很聪明，学历高，有文化，甚至有些才华，将来的工作肯定不错，只要进体制，就是正科级，各方面都比她强多了。这我倒不意外，毕竟她家就是想找个博士女婿，而博士嘛，总是有两把刷子的。她又说，我看起来比较稳重，性格平和，有教养，也有前途，不是那种“外地盲流”。坦白说，她用“盲流”和我做对比，让我不太舒服，总觉得有点歧视色彩。后来我才明白，老北京口中的“盲流”是个旧词，其实和新时代的“北漂”差不多意思。不过当她说我看起来挺老实，不是那种感情经历丰富的“花心萝卜”时，我心中不禁暗笑：这你可看错了，我曾倾心于一个女人，不，可能不是过去时，而是现在时，甚至是将来时。

可以说，我是带着情感谎言走进婚姻的，至今都把那点秘密捂得严严实实。毕竟美玲是个绝对不吃醋的女人——既不吃物质上的醋，也不吃精神上的醋——她是个抽刀断水的女人，若知道我爱过别人，尤其是爱过容貌和智慧都远胜于她的程丽娟，甚至如今还收取“信物”，横竖得闹个离婚冷静期出来，所以还是永远不让她知道为好。

在男女问题上，我只能感慨世事难料、造化弄人。从结果看，我和美玲的关系的确是越过雷池后才迅速升温的。那之前，我们虽然确定了关系，也有了些身体接触，不过在男女大防上还是很谨慎。对美玲来说，可能是囿于传统观念而极力克制，在我而言，则是对她确实没有对程丽娟的那种冲动。

程丽娟问我想不想和她试试，我吓破了胆。时隔一年，关美玲也问我想不想和她试试，我却立刻抓住了机会。何以如此？因为我成熟了，在经历程丽娟之后本能开始觉醒？因为家里下了死命令，我试图用贞操的交付来锁死这个骨子里保守的北京姑娘？或者，只是为满足一种纯粹的肉欲，我把美玲当成了程丽娟的替身？

这些因素可能都有，但真正的原因我一直不敢正视，那就是我潜意识里把程丽娟视为神圣不可侵犯的女神，而关美玲不过是个实现利益目标的工具。每次想到这一层，我就觉得自己分外卑鄙无耻，明明接受过现代高等教育，却依然有物化人尤其是女人的观念。美玲说，我骨子里其实有点封建大男子主义，也许真没说错。

说起封建，我又想到了父母之命、相敬如宾之类的字眼。从某种意义上来说，我和美玲在婚后行周公之礼更像是“做任务”，仿佛唯有通过肉体关系才能证明我“爱”着她。对她来说是否也如此呢？一对看上对方的物质条件、为了满足父母的要求才结成夫妻的男女，只能通过做爱来伪装彼此间存在自由恋爱式的“真正的爱情”，这简直就是一出后现代荒诞剧。

老一辈都说，这很正常，当年都是先结婚再恋爱，找对象靠组织介绍，拉郎配，不也照样过了一辈子？小时候听这些故事时还懵懂，如今回想起来，不禁毛骨悚然。没有感情，仅仅因为成分好、有工资、吃商品粮、是干部身份，两个人就甘愿以夫妻名义做几十年室友，还传宗接代，多么恐怖的事！就像我和美玲成为合法夫妻，她看上我的学历，我看上她的背景，都出自世俗意义上的比较与权衡。她说过，在我之前也见了几个学历高、家境好的北京男孩，但人家总有各方面条件都优越的外地或北京女孩倒追，她一次都没成功，这才考虑找条件不错的外地人，比如有博士头衔的我。她说得坦诚，我不能指责她，尽管她的口气像是在讨论如何给牲口配种。当然，我也没好到哪儿去。我们最终都从现实的婚姻中受益，实现了双赢，唯一的受害者是爱情。

我围上浴巾，走到卧室门口，瞥见美玲正躺在床上玩手机。每当看到她在等待欢好时如此敷衍，我就感觉索然无味，因为接下来的流程就如同设置好的电脑程序般亘古不变：她熟练地把手机一盖，两眼一翻，双腿一叉，纹丝不动，宛如一条干瘪僵硬的咸鱼。我已经相当厌烦这一套例行公事，却又不得不重复它——我实在找不到其他方式能证明“夫妻之爱”，尤其当美玲存心要检验我的时候。

我退后一步，轻轻推开依兰的房门，她正抱着熊猫玩偶呼呼酣睡。我带上门，希望她不会醒来。

今晚，就让爱情再受一次伤吧。

9B

2018/1/20
周六
13:30

你们在大餐厅吃完午饭，又闲聊一会儿，便带着各种零食饮料到地下室。陈绣芳在下楼时就张罗着分组，问谁要去 KTV。你知道王浩肯定去，果然。方婷婷向来喜欢唱 K，也去。许慧上午开车开得腰酸腿疼，要在沙发上躺会儿。钱一帆、张锐和张晓晨去打乒乓球。你注意到叶楚潭的目光在寻找你，便主动问他玩什么，他反问你，你说想去唱 K，他说自己要打乒乓球。你点点头，说坐久了办公室，是该多运动。他尴尬地笑笑。

两拨人各自行动，男女主人也分别作陪。韩沛去打球，陈妍跟着你们。影音室墙面铺满白色隔音垫，半圈真皮沙发的对角悬着四十多英寸的 LED 屏，下面摆放好几套影音设备。陈妍调好画面和主控台，大家抢着点歌。

真热闹啊。你想起自己第一次去 KTV，是王孝承请你们全寝室联谊，轮到你点歌时，你只会唱九十甚至八十年代的老调，那些属于你父亲和小叔一代人的曲子，对最新流行曲一窍不通。你还记得来北京后第一次随师门去 KTV，你倾心的韩沛唱杨洪基的《滚滚长江东逝水》，痴迷你的叶楚潭抱着话筒吼林俊杰的《曹操》。

“娟儿，你唱啥？”陈绣芳靠在点歌机旁。

你扫视屏幕，看到方婷婷的固定曲目《女儿情》，还有陈绣芳常哼的《沙家浜》，其他人还没选歌，便说：“让师兄先点吧。”

“他唱刁得一，这轮也算有了，你点吧。”

你见王浩坐在沙发上摆手，便给自己点了王菲的《流年》。陈妍最后点歌，选了梅艳芳的《亲密爱人》。

方婷婷第一个唱。你记得她是带点甜味的高音嗓，喜欢婉转动人的传统词曲，典型的“80 后”文艺女青年，还是丁克主义的实践者。这个唱着“女儿美不美”的温柔师姐，你之前并不知道她强硬的一面，然而当年帮你出头时，正是她三言两语压住了王孝承母亲和姑姑的嚣张气焰。

陈绣芳和王浩对唱的样板戏还挺像模像样。你很少听戏，只在小时候跟着爷爷听过梆子，也分不清西皮二黄。读研究生后，陈绣芳有时会用办公室的音箱放几段。只要她和王浩一起参加活动，就唱一段《智斗》“过招”，算是师门的保留节目。

《流年》是你最喜欢的歌。刚上初中那年冬天，你跟着小叔进城办年货，路过音像店时，王菲的声线像箭镞一样穿透你的耳膜，贯入脑海。你透过玻璃窗注视那部一镜到底的 MV，脚仿佛生了根一样，迈不动步子。终于，小叔给你买了盘翻录的磁带，作为新年礼物。从那以后，无论时代怎么变迁，你的每一部设备、每一份歌单里都有《流年》。

陈妍在唱《亲密爱人》。和韩沛的婚礼上她也唱过这歌，那场你故意缺席、只看过些视频片段的婚礼。你印象更鲜明的，是当年和陈妍的初次交锋，她寸土不让，向你证明了谁才是韩沛的“亲密爱人”。

那时你读研二，名义上和王孝承复合半年。一天中午，韩沛在张启能那里还没回来，其他人去食堂吃饭，只剩下你在办公室埋头填写申请硕博连读的材料。

门嘭一声打开，传来一个娇媚的声音：“沛沛哥——”

“沛沛”，还“哥”？这音线是谁的？从没听到过。你疑惑地站起身，只见门口站着个年轻女孩，身高和自己相仿，戴墨镜，穿 LittlePony 长袖运动衫和齐膝花裙，还拖着一只粉色旅行箱。

你不难猜到她八成是找韩沛，但还是试探性地问：“您找谁？”

“哦，韩沛坐哪儿？”

女孩转过头。虽然看不到她墨镜下的眼神，但你明显感到自己正被她上下打量。来者不善啊，你得小心应付。

“师兄不在。”

“我知道，他去找导师了。没事，I will always waiting for him（我会一直等着他）。”女孩特意在 always 上加了重音。

“师兄他坐在……”

“找到了！”

她走到门旁第二排格子间，从韩沛的工位上拿起一只考拉玩偶，秀给你看。

“我在 Sydney（悉尼）买的，当天就寄过来了。”

你的心被刺了一下。陈师姐八卦过这只玩偶，追问韩沛是不是情人送的，他只说，是小时候的邻居妹妹。他没说谎，但也没说实话，他一直这样，让人摸不透、捉不住。

你嘴角抽动几下，应道："挺……可爱的。"

"卡哇伊（可爱），像他对吧？哦，你是……程师妹？"

"啊？是，我是。"被从未谋面的她准确地称呼，你心里又是一惊。

她把墨镜推到额头，歪着脑袋，一双锐利的大眼睛盯着你端详几秒，一笑："确实比照片上还 cute（俏）。"

韩沛给她看过你的照片？什么时候？哪张照片？镜头里你在做什么？神态表情如何？你微微有些慌乱，像是对阵时被敌手抢先侦察了一番。

"我是陈妍。你先忙吧，我等他。"她自顾自地坐在韩沛的工位上。

你坐下，却再也没有工作的心情。这大眼睛、娃娃脸的女孩和韩沛究竟是什么关系？绝不可能仅仅是"小时候的邻居妹妹"。她为什么对你这么熟悉？韩沛为什么要给她看你的照片？

满脑子的问号，让你从疑惑到焦虑，进而手足无措。你双手搭在键盘上，一会儿切换到师门 QQ 群，打几个字后删掉，一会儿又打开微信，在韩沛的消息框里重复同样的动作。

你拿不准主意，到底要不要在群里报个信，或者给韩沛私信？既然女孩和韩沛相当熟稔，自己再横插一道，会不会让韩沛觉得你多此一举、大惊小怪？韩沛显然向陈妍讲过研究室的事，甚至连照片都拿给她看过。如果他们关系真是那么亲近，如果她真的是韩沛的“那个人”……是啊，这很有可能。邻家妹妹，两小无猜，青梅竹马……

“你真的 so pretty（非常漂亮）！”

你一惊，身子往后一弹，抬头看到趴在格子间隔板上的陈妍。她摘了墨镜，一双戴了粉色美瞳的大眼睛正凝视着你。

“之前看你们研究组的活动照片和 video（视频），立刻就注意到你了，真的！我还奇怪呢，你外形条件这么好，怎么不去学表演呀？你学的物理？”

“是啊，那时候想当老师。”

“我听沛沛说过你的情况。挺好的，早点自立嘛，老师这个职业也稳定。不过现在也不错。你将来读博吗？”

“嗯，准备硕博连读，正在报材料。”你抖了抖手上的申请表。

“啊——”陈妍拖了个长长的尾音，“看来你还要再做两年沛沛的师妹呢。哎，你觉得他怎么样？”

“啊？”你装作不解，心里却很清楚，陈妍在试探你对韩沛的态度。眼下你再傻，也明白了陈妍必定是韩沛的女友，并且把你当成对手。你不清楚韩沛是怎么对她讲你的，不过女性的直觉使得这一刻你和她能“心意相通”。

“你觉得沛沛怎么样？他这人……该怎么说？给你什么 feeling（感觉）？”

“师兄啊……我也说不上来。”你小心翼翼，“他发了不少论文，张老师挺喜欢他的，不过他平时不太爱说话，有点闷吧，很多时候不知道他的想法……”

“Right! That’s it（对，就是如此）！”陈妍打了个响指，“他以前不这样，至少上高中前不是。结果你看，他现在特别 nerd（古板）吧？要我说，就是高考把他害了，整天做题，人都蔫了。他以前多 charming（有魅力）呀，带着我满大院折腾，如今可好，成闷葫芦了。不过没啥，我照样喜欢他。”

“是吗？从没听师兄说过以前的事……”你刻意避开她最后一句话。

“唉，其实我挺羡慕你的。我当年功课一团糟，考不上好学校，家里就把我送到 Britain（英国）念了个 Business（商科）。其实，我更想随便上个北京的二三本算了，只要能跟他在一起。你看，你和他在一间屋里待了两年，我只有假期那可怜巴巴的几天。他是不是……从没向你们提起我？”

陈妍直瞪着你，粉红色的眼瞳透露出内心的一丝焦虑和不安。你心软了，决定“如实”回答她的问题。

“确实，我也是第一次……知道你。他很少说自己的事。之前收到那个考拉时，师姐问过他，他只说是邻居家一个妹妹寄的。他一直把它放在桌上，有时候当……靠枕用。”

“Sister next door，neighbor little sister（邻家小妹妹）……”陈妍念叨了两遍，歪着头皱起眉，默不作声。

你注意到陈妍眉宇间隐隐透着失望，心里竟渐渐得意起来——你陈妍尽可以把自己当成他的谁，可在他眼里，你只是个小妹妹罢了。两小无猜？青梅竹马？那又如何？你难道不知道，男人更重视那种“怦然心动”的初见感觉，日常过于熟悉，反而不过电，没有机会？

“哈哈哈……哎呀！”陈妍突然笑了，头一甩，“你说，他们男人是不是都喜欢这么做？”

“啊？”你这次是真的不解。

“就是喜欢搞金屋藏娇那一套，secret lover（秘密恋人）呀！”陈妍又笑了两声，“其实家里早就知道我们俩的事，都挺高兴的。本来我念完 master（硕士）就要回来订婚的，正式成为他的 fiancée（未婚妻），等他一毕业就举行婚礼。结果我爸怕我接不了他的班，要我再做一段 intern（实习），一直耽搁到现在。哼，等他戴上 engagement ring（订婚戒指）时，总不能再藏着我了吧？”

这次轮到你震惊了。韩沛和她居然已经进展到这种程度，甚至两家人都通过气了。这个陈妍，也明显不简单——读商科、接班，显然不是普通人家。对，他俩小时候是邻居，住同一个大院，而韩沛父母及祖辈的级别都不低，这意味着陈妍家的阶层也不同凡响……

“程……对了，你应该比我大吧？我九〇年的。”

“噢，嗯，我八九年的。”你心不甘情不愿地承认她比你年轻。

“哎呀，那我应该喊你程姐姐！一直跟着沛沛乱叫，真不好意思。听他说，程姐姐也有 boy friend（男友）？”

“有的。”

“他有没有像沛沛那样 hide（藏）你？”

“那没有，我们俩本科时就开始了，学校里都知道，瞒不住的。”

"How wonderful（多美妙），就该这样！你们是不是到哪儿都一起？就像那个词……对，如胶似漆。"

如胶似漆？王孝承？你不知该哭还是该笑。你无数次祈求和那家伙天各一方，却偏偏事与愿违。你支吾着回答："在一起也有在一起的麻烦，距离产生美嘛。"

"Even though, better than us（那也比我们好）。"陈妍仰起头，"我真不了解他的心思。我这边一出国，他那边被别人拐跑了怎么办？你别看他不怎么说话，silence（沉默），其实心里想得可多了！我太明白他了。他不公开我是他 girl friend（女友），不就可以假装 single（单身），去 date（约会）了？我离他那么远，管不了呀。我以前和他提过这个问题，他反倒 tease（揶揄）我，说留学生的 private life（私生活）都很乱，要我小心点。我当时真的 mad as hell（气疯了）！哭了两天，不理他。我一个人在那边，日子过得 lonely and hard（孤苦伶仃），现在回来了，得说清楚，不能让他这么 careless（漫不经心）。"

陈妍这一番话，不，是对韩沛的"主权宣言"，让你无话可接，因为她完全在自言自语——讲她的留学生活，讲假期里和韩沛在老家见面，讲父母一辈怎么撮合他俩。突然，她停下话头，盯着你："其实，还有件事，我一直 very confused（非常困惑）。"

"困惑？"

"对，it's about you（和你有关）。"

你睁大眼睛回视她。什么事和你有关，还让她非常困惑？难道韩沛早就明白你的心意？难道他竟告诉了她，所以她从一开始就知道一切？你的心脏揪成一团，紧张得一句话也说不出来，只能等待她给你下判决书。

“去年吧，对，autumn（秋天），那时程姐姐刚上研一？”

你点点头。

“我坐车去Oxford（牛津），结果刚出London就crash（撞车）了。”

“啊？你没事吧？”

“Not serious（不严重），不过那个moment（瞬间）可不知道，唉，我以为自己要死了，满脑子都是沛沛。如果我死了，他怎么办呢？你猜，之后我想到了谁？”

你摇摇头。

“多weird（古怪）啊，程姐姐，我当时想到了你。”

“我？”你惊讶地反问。

“Yeah，how weird（是啊，多奇怪）。咱俩根本不认识，那时候我只见过你的照片，怎么会想到你呢？”

你俩对视着，竟不约而同地屏住了呼吸，时空仿佛在这一瞬间凝固。她为什么会在濒死时想到你？当时你刚入学，王孝承还没追到北京，而你对韩沛的确已经动情——但韩沛应该不知道你的心思，你自问克制得很好。难道陈妍对韩沛的爱让她有了超乎常人的预感？

你哑口无言时，韩沛回来了。

“Darling（亲爱的）！”陈妍兴奋地叫起来，蹦着迎到门口。

“师兄……”你站起身，小声招呼。

韩沛先向你点点头，又看向陈妍：“怎么穿这么少？不冷吗？”

"谁知道北京会降温啊，比 London 还冷！我回国前把 coat（大衣）都送人了，一件没留！"

"回头再给你买几件。"

"我现在就冷！"

"那，先穿我的？"

"抱抱，暖暖！"

陈妍说着往韩沛怀里钻。韩沛略显尴尬地笑着，瞥了你一眼，却没有拒绝陈妍的意思。

"抱抱嘛！"陈妍轻轻拱了两下。

韩沛伸出双臂，温柔地搂住她。

你讪讪地坐下来，套上大耳机，以防他俩的甜言蜜语扎进心里。之前你想象过韩沛会找什么样的对象，如今陈妍在你眼前投怀送抱，靴子终于落地——不如说，其实早就落地了，只是现在你才听到那一声回响。

没一会儿，韩沛走过来向你解释："师妹，她是陈妍，我老乡，刚从英国留学回来。"

"刚才和程姐姐聊过了，人家什么都知道！"陈妍插话。

韩沛惊讶地回头看她："知道什么？"

"你说呢？将来不请人家来 wedding ceremony（婚礼仪式）？"

韩沛笑出了声，转而问你："吃饭了吗？陈妍也没吃，一起去食堂？"

"我就不去了，还要赶博士申请材料，下午交研究生院。你们去吃吧。"其实与材料无关，是自尊心不允许你去当灯泡，尤其是这两个人的灯泡。

“好吧，咱们先去。”韩沛过去拉陈妍的手，“行李就放这儿。”

“去哪儿吃？”陈妍问。

“食堂啊。”

“我刚从美食荒漠逃回来，你居然带我去食堂？你带你的 future bride（准新娘）去食堂？ How dare you（你胆敢）！”陈妍抓住韩沛的手腕，凶巴巴地说。

“你想去哪儿？”

“王府井！我已经约好了，去王府井！”

“约好什么了？”

“先吃饭，然后给你换块表！”

“啊？”

“你现在是博士，将来要做 professor（教授），还戴这种廉价旧表结婚吗？必须给你配块符合身份的。”

“啧，我说过不用了，你还不死心。回国买不是多交一笔进口税？”

“你就该听我的，让我在 London 买。”

“真的不用了。手表嘛，能有什么差别，旧的也是你买的，都一样。”

“I don’t care how slack you were, now I’m back, you listen to me from now on, to ever and ever（我不管你以前多散漫，如今我回来了，从现在起得听我的，直到永远）。”

“别戴美瞳了，对眼睛不好。”

“Stop changing the topic（别转移话题）！”

两人正有来有往地调情，陈绣芳、张晓晨和叶楚潭吃完午饭，结伴回来了。

“哟，挺热闹的！这是哪位啊？”陈绣芳最先开口。

“陈师姐，我是陈妍，韩沛的未婚妻，刚从英国回来。”

“考拉是你寄的吧？前两年那些巧克力什么的，也是你吧？我就知道！”陈绣芳拍了韩沛两巴掌，“你说你，藏着掖着的，至于嘛！”

“嫂子好！”张晓晨很知趣地喊，叶楚潭也随着叫了一声。

陈妍自来熟地拉着三人聊天，把刚才对你讲过的“情史”又简略复述一遍。她打开箱子，拿出好几袋糖果，说是预发的喜糖。 9B

糖果袋被陈妍啪的一声放到你桌上，那一瞬间，你不由得轻喘，心脏像是被一只手揪住，不是跳动，而是一抽一抽地颤抖——好像被猫爪按住的小老鼠，因为恐惧，因为孱弱，在天敌的压迫下胆战心惊，生怕下一秒就被生吞活剥。你耳边又响起王孝承的咒骂：“你以为你配得上谁？出身好、有背景的谁看得上你呀？人家想门当户对，谁要你这被玩烂的下贱货！这辈子除了我，你谁也别想了！没可能的！”现下的场景，让你亲眼目睹这残酷的诅咒成真——你毫无悬念地成为陈妍脚下的泥，没有一丝存在感。

这天韩沛和陈妍再没有出现。晚上你约叶楚潭跑步，和他聊了很多，甚至……忍不住诱惑他，想证明自己仍然有魅力，配得上比王孝承更好的男人。你几乎下定决心，如果他接受，你就和王孝承彻底分手。可叶楚潭并没有回应你，他甚至吓哭了。你内心绝望，对一切都绝望。这时候你怨恨陈妍吗？还没有。再后来，你知道陈妍接管了家族企业的北京分公司，大家戏称她是公款包养韩沛，你也只有微微的怨怼。

到底从什么时候起，你真正痛恨起陈妍呢？大约是从她劝说韩沛回老家开始的。她让韩沛和她一起回去，一来方便自己接手企业经营，二来韩沛也可以入职他母亲任教的大学，直接以副教授职称起步。听到这个消息后，你开始厌恶陈妍。你本以为他俩一定会留在北京发展——即便得不到韩沛，只要你俩同在一个城市，能有机会偶尔见到他，你也就满足了。然而韩沛不知道你的感受，不，即使知道也不会顾及，他毕竟是另一个女人的男人。最终，韩沛回到老家应聘签约，和陈妍举办了婚礼。全师门都获邀赴宴，唯有你放不下内心的执拗和挣扎，找借口缺席了。

今天，你看到陈妍一如往昔，靓丽、年轻、自信，怡然自得地当着韩沛的枕边人。而你，结婚又离婚，恍惚间走完了整个人生。你竟然心平气和，这才发现，以往对陈妍的种种不平与对韩沛的幻想一样，日渐磨灭，终归荡然无存了。时间可以改造一切、消除痛苦，因为时间首先改变了你。在经历了人生变故、经受了现实磨炼后，即使你还没有找准自己的位置，也已经看清什么不适合自己。韩沛不适合你，他太高，你够不着，徒增辛苦。王孝承则太低了，只会拖着你一起往下沉。叶楚潭呢？看起来似乎与你齐头，但他幼稚、不成熟，缺乏担当，屡次逃避你递给他的机会。是啊，眼看就到而立之年了，你才发现许多时候不过是庸人自扰——你不必是谁的，同样不必让谁成为你的。

这一刻，你终于意识到，自己已然偿还了赊欠命运的全部筹码，一切清算完毕，一笔勾销。你必须卸下包袱，才能找到后半生的意义。

陈妍唱完了。

“嫂子唱得真好，师兄听到的话，心里一定很甜蜜。”你夸赞道。

“这两年没怎么唱，退步了。”陈妍谦虚着，脸上却漾出藏不住的笑意。她听得出来，你终于释然了。

你们又唱了一轮。方婷婷选了《红楼梦》插曲《秋窗风雨夕》，陈绣芳点了日语歌《骑在银龙的背上》，王浩唱了齐秦的《不让我的眼泪陪我过夜》，你挑了毛阿敏的《思念》。陈妍刚唱完《吐鲁番的葡萄熟了》时，韩沛和叶楚潭一起进了影音室。

“不打球了？”方婷婷问。

“刚打了两轮比赛，过来换个赛道。”韩沛答。

“等我唱完这首，就过去那边。”陈妍说。

“我也去吧。”你跟着表态。

“娟儿也去啊？那你再来一首，让他俩喘口气。”陈绣芳把话筒递过来，“唱个新歌呗，咱唱的都快老掉牙了。”

“新歌？”你稍作犹豫，“挂职的时候倒是练过几首，不知道这儿的机器里有没有。”

“这个系统能网络搜歌，下载以后消除人声就行。”韩沛说。

你在系统中输入歌名，选择网络搜索，果然找到了。

“外语歌？”坐在角落里的叶楚潭问。

“嗯，法语。”你应道。

“娟儿够厉害的，啥时候学的？当年二外你不是学的德语？”陈绣芳问。

“挂职的时候住在镇上，晚上没事干，就学学外语，毕竟我们的工作要研究国外动向嘛。”

“嚯，挂职成果展示啊！”方婷婷带头鼓掌。

你在大家的掌声中唱起了音乐剧《巴黎圣母院》的第二幕序曲——《佛罗伦萨》。

10

2024/2/10

春节

00:10

我睁开眼，回过神来，才发现自己刚才睡着了。今天美玲居然很来感觉，把我折腾得不轻。她甚至问我想不想再生个龙宝宝，否则就错过了好年头。我知道她一直有生二胎的心思，之前总给我吹枕边风，说她快三十五了，我也评上了副研，再不考虑就没机会了。上个月她还装作记错日子，忽悠我不做避孕措施，却没料到我在这上面特别留心，确定那天仍然是危险期。

我真的认为一个孩子已经足够。如今大家都看得明白，一个孩子还愁养不好，没有最省事，谁愿意生呢？美玲无非是看我不坐班，依兰也大了，想让我当全职奶爸，再拉扯一个，我可懒得折腾。她经常说，你还没儿子，不想凑个“好”字吗？拉倒吧。这年头，生个儿子还得搭一套房，无论北京房价再怎么跌，我那点工资也赚不出来。再说了，真生个儿子出来，不定为了随谁的姓打一架呢，省省吧。何况时代在前进，社会在进步，谁还敢看不起女孩呢？必须生男孩传宗接代的旧观念没必要坚持了。

我坐起身，穿上衣服溜到客厅，一看墙上的挂钟，已然是龙年了。静音的电视里还播放着春晚，有个老外正在唱歌。我好奇地加了两格音量，终于听出来是法国音乐剧《巴黎圣母院》里的唱段——赞颂爱斯梅拉达。

那次聚会唱K时，程丽娟也唱了首《巴黎圣母院》里的序曲。当时我还想用手机查查中文歌词，谁知马上轮到我唱，就丢下了。第二年是音乐剧诞生二十周年，我陪美玲去天桥艺术中心看巡演，才知道那段歌词讲述了人类对新世界和新机遇的向往。如今回想，那时程丽娟大概已经开始“探索新大陆”，一旦找到新航向即扬帆启程，就此消失在我们的视野里。没错，如果不是为了顺畅地进入那个新领域，她怎么会想起来再学一门外语呢？不知道当初是谁给她指的路，也许是她的挂职同事？我记得她提到过，挂职团里有人搞外交政策。哎，不管她如今在哪儿、干什么，都值得我羡慕。她真正远离了这鸡毛蒜皮的俗世，不像我，还得应付一眼就望得到尽头的生活。

我对美玲心生微词，不只因为生二胎的事。前一段她不知听信了哪个闺蜜或表姐妹的谗言，不然就是被短视频主播忽悠，居然让我签婚内财产协议。虽然用的是开玩笑的语气，但知她如我，自然明了这是她一贯的试探手法，如果我不较真或不以为意，她很可能就得逞了。我也不是不能理解，她名下的财产比我多，就算如今法律对婚前财产有了保障，她依然想留一手。可她的逻辑是否有种错乱感？想离婚的女人一般不会要二胎——除非是和出轨对象有的，但美玲无此迹象。想起来不免心烦：她究竟是想跟我过下去，还是不想？我从来不信“七年之痒”这类说法，只相信肉眼可见的事实，并据此推导结论。我认为最大的可能是，美玲大约提前进入了更年期，所以才在家里翻来覆去地折腾。毕竟她担任着班主任，学校又不怎么上档次，整天和一群混世魔王较劲，时间在她的参考系里流逝得快一些，是相当合理的。

当然，非美玲制造的麻烦也不少，让人不得不抽着烟反复琢磨。我关好大、小卧室的门，确保不留任何缝隙，再披上外套踱进厨房，合上推拉门，打开抽油烟机，享受起那迟来的事后一根烟。

所里书记和所长的矛盾快要总爆发了，而我搞不好会躺枪，因为在书记眼里，我是所长的人。向来中立的我被动卷入这个漩涡，起因是原本和我没什么关系的一份内参。

邹昊在疫情初起那年入所，本行是国际关系研究。俄乌“2·24”事件前夕，他写了篇局势研判报告，想作为内参上报，却不熟悉大社科系统的上报格式和写法，让我帮忙看一眼草稿。我当时就提醒他，报告中认为冲突即将爆发的基调与公开口径不符，推演中关于俄国难以速胜从而转为长期消耗战的说法缺乏依据。当然，这并不意味着我完全否定他的看法，而是历年的经验告诉我，描述预判类的情景最好不要使用过于言之凿凿的语气。更何况，他使用了媒体和其他研究机构的公开信息，有些未必可靠，比如，他仅通过几篇报道泽连斯基动向的国际新闻便推断这位总统有较强的抵抗意志，用基辅 2 月的天气预报和道路积雪状况推断俄罗斯必须在 3 月前采取行动。总之，没有更确凿的专业情报信源能佐证他的观点。因为我提出的意见比较多，他当场修改不完，便说过几天再让我看改后稿，而我不想在非主业的事上多花精力，于是让他改完直接给室主任看就好。谁知两天后俄军开进了乌克兰，他情急之下，把报告作为内参直接送到大院部信息局，还加上了我的名字。

因为这件事，我被刚调来没多久的书记盯上了。

书记并非搞业务出身，一直在别的系统做行政干部，转过来后，先在大院部做了一年人事领导，之后空降到所里任书记。业务上他没基础，插不上手，于是在规章纪律方面搞他的“三把火”。其余两把火与我无关，但“违规”上报内参这把火却实实在在地烧到了我头上。按惯例，新入职的助理研究员上报内参时，需要老同志把一下关，一般由担任室主任的正研究员或有资历的副研究员负责。这次邹昊上报，事实上的“负责人”是我，而当时我还没正式获批副研究员职称——前一年年底我申报参评副研究员，然而受疫情影响，评定延后，虽然内部已经通过了，却没正式公布。书记抓住这一点，认定我和邹昊“串通”好要小聪明，给我俩定了性，大有不严肃处理不罢休的意味。

作为“主谋”的邹昊在班子会上解释说，因为事态紧急，所以来不及通过所里科研处上报。此外，由于内参有密级，他考虑我不仅看了全文，还提过修改建议，又刚评上副研，也算有把关资格，就把我的名字加了上去。我给所里的说法和邹昊差不多，并强调原以为他会找室主任再把关，没想到冲突即刻爆发，他就直接捅了上去，我事先确实不知情，还是看到所里的科研成果月报时，才发现自己多了一篇内参。

书记坚持要拿掉我的副研职称评定，并禁止邹昊转正后三年内评职称，就在这个关头，所长出面保下了我俩。理由是，无正式文件规定内参上报与职称直接挂钩，所谓把关，只是为了保证上报质量的一种习惯性做法而非强制，何况突发事件是可以走简化流程的，通过信息局上报依然是走大社科系统渠道，总体上并不违规。

一转眼到了 3 月初，书记和所长仍然僵持不下，这时上面传来消息，说那份内参受到有关部门的重视，要求尽快深入研究并提出更具体的对策方案。这种情况通常意味着，领导不仅看到了报告，而且认为有一定价值，如此一来，将来内参集中评奖，至少也能拿个三等奖。书记见状无话可说，所长立即召集人马，连夜加班加点写了战略对策报告，以所里的名义向上反馈。

我和邹昊这事，总算是就此翻篇。然而书记当时不再追究，不代表他就忘了。邹昊后来跳槽去大学当副教授，我成了唯一的箭靶。尤其是所长又把李娅嫡推给我，更让书记觉得我坐上了所长的船。眼下，书记正变着法给我小鞋穿呢。

去年年底，所里为职称评定又闹得沸沸扬扬，书记推的人没评上，于是有匿名信投到大院部，听说言辞非常激烈，指责所长操纵职称评定，还有其他问题云云。春节前最后一次返所时，所有人的信箱里都被投了匿名信，还是那一套说辞。书记又在全所会议上旁敲侧击地影射，把内参事件重新翻出来说。

烦心啊。过完年，谁知道所里又会出什么幺蛾子呢，偏偏美玲又在这节骨眼扯二胎的事。她也不想想，按目前的人口形势，十年后她还能保住初中的那份工作吗？我这行工资也不高，果真生两个，怎么养？我家底子薄，她的那套房将来也未必多值钱，大小四口人怎么在京城里讨生活？能把依兰一个孩子养好，就谢天谢地了，如果再养一只“吞金兽”，谁知道生活水准会不会垮呢？我压根不敢想。就算勉强能养，过些年再像新闻里的那些倒霉家伙，因为辅导作业被气到爆血管猝死？算了吧。

猛吸一口烟，我突然意识到没带烟灰缸过来。随便弹烟灰恐怕会被美玲发现，我打算找个一次性纸杯，盛点水灭烟头，再用马桶冲走，毁尸灭迹。拉开一扇柜门，没有纸杯，再拉开一扇，竟然发现了程丽娟寄来的小龙玩偶，想必是美玲怕依兰想起它，在我洗澡时故意藏进去的——我们从不让依兰进厨房，怕开水或菜刀伤到她。

我拿出玩偶，摆在水槽边，边看边吸烟，用水果包装盒代替烟灰缸。等收拾完客厅垃圾，把包装盒埋在最底下，美玲不会发现的。

处理好烟灰和烟蒂，我拿起玩偶仔细端详，从那眉目间竟依稀看到程丽娟的模样。真羡慕她能果断转身，正所谓跳出三界外，不在五行中。我经常想，万一在什么地方遇到她，肯定要装作不认识吧？不过，从没有过这种巧合，想必她也很小心，不会轻易出现在有熟人的场合。曾经那么一两次，我也有机会踏入那个行当，但还是临阵退缩了。我本质上是个庸碌之人，老婆孩子热炕头，有牵有挂，只想保住眼下这份稳定的工作，没胆色在刀尖上讨生活，过那种随时被恶狼环伺的日子。

说到狼，突然想起前两天看到的热门视频——可可西里的野狼学会了吃蛋黄派、啃烧鸡，在公路边摇尾乞怜，比狗还狗。曾几何时，我们这一代人被鼓动着做狼，用狼性席卷社会，如今，年轻一代反其道而行之，将其作为社会达尔文主义批判并抵制。作为一个各方面都不上不下的尴尬中年人，我对这种转变乐见其成——毕竟连真正的狼都懂得了抱大腿的好处。

我又想起李娅婻的信。她的根本弱势也在于没大腿可抱，单凭自己混不出什么名堂。名义上她是所长推给我的，但其实她并不在所长的核心圈子内，否则不至于被推出来，以至病急乱投医，向我问前程。过后我仔细寻思，或许她别有用意。如果读博，她的首选肯定是所长，却又提到各种困难，是不是听到了什么风声，才想让我给她拿主意，甚至帮她说个情？毕竟表面上所长对我照顾颇多，搞不好让她误会了。如果确实如此，还真有点麻烦。

我又点上一支烟，狠狠吸了一口。

2024，龙年，我并不乐观。就像坊间流传的玩笑话："这是过去几年里最差的一年，却是未来几年中最好的一年。"也许出于职业习惯，我身上很容易聚集"负能量"，偏重于关注风险、提前预判、准备应急方案——符合战略圈"挑战与应对"那类研究范式，或许有点反应过度和路径依赖了吧。

我这种人，注定是个精神孤独者，混迹在占据社会人群多数的乐天派里。和我关系最密切的美玲就常说，天塌了又怎样？自有个儿高的顶着。无论外面的世界怎么变，她总有办法缩在自己的风景独好里，找到自我宽慰的理由。她从小在光芒四射的首都长大，养尊处优，前半生顺顺当当，坚信未来也必定顺风顺水，日常鄙夷我"瞎操心"。近几年，从身到心，我和她过得越来越累，却又无法抱怨什么，毕竟她带房嫁人，解决了很大一部分我生存的后顾之忧。

然而，人生的意义不应只有“生存”二字。我真不应该错过程丽娟。时至今日我才明白，有没有孩子，有没有房子，甚至有没有票子，其实对我而言都没那么重要。我骗不了自己的心，只是再没有纠错的机会。我永远错过了她，失去了她。

今后？我想，大概只能带着这颗由悟生悔的心，如此这般过下去。所幸程丽娟不必如此。

我又看一眼小龙玩偶。明年是蛇年，我和程丽娟的本命年。她该寄蛇年玩偶了。

我期待着。